COLLECTION S.FISCHER Eines Tages reist Hans aus der Stadt ins Dorf Zick im Osten des Landes. Sein Onkel ist gestorben, und der Brauch dieser öden Gegend schreibt vor, daß der dem Verstorbenen am nächsten stehende männliche Verwandte dessen Rolle ein Jahr lang übernehmen muß. Hans wohnt bei seiner Tante, wird Postbote und kommt auf diese Weise im Dorf herum. – Aber kaum dort eingetroffen, gerät er unentrinnbar in den Bann der Wert- und Weltvorstellungen der Monotomoi, Histrionen und Anochi, die hier, angesichts der allergrößten Not, das Leben und Denken der Bieresch (Meierhofleute) beherrschen. – Alle »Stellvertreter« erhalten sprechende Namen, in denen die persönliche Eigenart des Namensträgers mit den Geschichten und Mythen des Landstrichs zu einem geschlossenen System verschmilzt. Im Nacherzählen dieser Mythen sind die einzelnen Unbelehrbaren unermüdlich um die Erkenntnis bemüht; sie denken und reden in Bildern, um der Unschärfe der Wörter zu entgehen: »Sinnruinen glotzten uns aus der Sprache an.« – Je genauer Hans die Bieresch kennenlernt, um so brüchiger wird seine Stadt-Sicherheit, und um so tiefer verstrickt er sich in den archaischen Ablauf dörflichen Lebens, das vom Heimweh nach der früheren Welt bestimmt wird, »in der nicht alles so schwer gewesen war«. So leiden die Bieresch an ihrem eingeschränkten Dasein, sie »stecken in einer Sackgasse der Zeit« und halten in ihrer Ausweglosigkeit fest an der Hoffnung, doch noch in die Heimat zurückzufinden. – Am Ende seiner Wanderung durchs Dorf – und das ist zugleich das Ende dieses ersten Teils des Romans – wird Hans in die Gemeinschaft aufgenommen; er erhält einen Namen: Félúton, das heißt »halbwegs«.

»– ›Irgendwie‹, hatte De Selby im Laufe des Vormittags einmal zu mir gesagt, ›werden wir alle mit diesem Leben nicht fertig. – Sie nicht und ich nicht!‹
– ›Versuch es mit einem anderen!‹ sagen die Bieresch.«

Gewidmet ist »Halbwegs«

den Bieresch, Monotomoi und Histrionen, Ilse und denen, die wie sie diesmal zum erstenmal leben, den Andersgläubigen und Staatenlosen, meinen Brüdern Hannes, Urs und Wilfried, Freunden, wie Peter, die der allgemeinen Verschwörung der Welt auf der Spur sind;

der französischen Küche.

Klaus Hoffer

Halbwegs

Bei den Bieresch 1

S. Fischer

COLLECTION
S.FISCHER

Herausgegeben von
Thomas Beckermann

Band 6

1.-8. Tausend: Februar 1979
9. Tausend: April 1983

Erstausgabe:
Fischer Taschenbuch Verlag GmbH, Frankfurt am Main 1979
Umschlagentwurf: Atelier Rambow Lienemeyer van de Sand
unter Verwendung zweier Fotos von Hans Georg Tropper
Gesamtherstellung: Georg Wagner, Nördlingen
Printed in Germany 1983
1080-ISBN-3-596-22306-7

»Die Hände des Fleißigen ruhen. Nichts regt sich, die Luft ist glatt wie ein Spiegel. Möglich, daß woanders gerade ein Verbrechen geschieht, so namenlos, so kraftlos ist alles. ›Wie heiße ich?‹ lautet da deine Frage. Und die Antwort ist dieses Summen, dieses Rauschen. Es ist das Gerausche, das von den Haaren der Welt herrührt, die sich in ihrem riesigen Bett auf die andere Seite dreht.«

Aus den Schriften der Bieresch

Zick

Den Sommer verbrachte ich in einer der unwegsamen Provinzen im Osten des Reiches bei einer älteren, nun alleinstehenden Verwandten. – Die Tage in diesem flachen, wie niedergebrannten Landstrich schienen kurz, flüchtig, kaum erinnerlich zu Beginn der trokken-kalten Nächte, in denen die Haut der Sterbenden wie Töpferglasur zerspringt.

Die täglichen Verrichtungen, die ich nach kurzer Zeit schon wie träumend besorgte, beschäftigten meine Aufmerksamkeit nicht, nur die rechte Hand, während die linke, häufig fest zur Faust geschlossen, wie ein Stein im Sack meiner Uniformhose ruhte. Es war die Hose meines Onkels, des Bruders meines Vaters und meiner neuen Quartiergeberin, der kurz zuvor als Postbeamter im Dienst einem Gehirnschlag erlegen war.

Ein Brauch der barbarischen Bevölkerung dieses öden, von den Errungenschaften der Zivilisation nur im negativen berührten Gebietes hieß den ältesten, am nächsten stehenden männlichen Angehörigen für die Dauer eines Jahres in die Kleider des Verstorbenen schlüpfen. Dieses Los hatte ich gezogen. Onkel und Tante waren unverheiratet und kinderlos geblieben; ich war das drittgeborene von vier Kindern, aber das einzige aus meiner Mutter zweiter Ehe. Mein Vater war noch vor meiner Geburt im Krieg gefallen.

So sollte ich nun in dem viel zu weiten, um Brust und Beine flatternden Gewand, das um den Bauch von einer Schnur zusammengehalten wurde, wie man sie für das Zusammenbinden von Postsäcken verwendet, das plötzlich verlöschte Leben des Onkels weiterführen, sei es, weil der Erfinder dieser menschenunwürdigen Einrichtung damit versprochen hatte, die feindlichen Geister zu bannen, sei es, daß er selbst geglaubt hatte, die Seelen der Verstorbenen würden eher Ruhe finden, wenn sie dann und wann in der ersten, schweren Zeit nach dem Tod ihre alte Umgebung heimsuchten und alles Rechtens vorfanden.

Während dieses ersten Jahres nach dem Tod war es den Hinterbliebenen bei Körperstrafe untersagt, Türen und Fenster ihrer Wohnstätten zu verschließen. – Diese Einrichtung, so wurde mir erklärt, ergäbe sich folgerichtig aus dem vorhin genannten Brauchtum, durch sie sollte die unbehinderte Einkehr der heimatlos gewordenen Seele gewährleistet werden: Das Haus sollte offenstehen, ein Bett für den Verstorbenen frisch bezogen sein, ein Teller mit einem einfachen Reisgericht, mit Früchten je nach Jahreszeit und einem Stück kalten Gebratenen sollte in der Speisekammer warten. – In Wahrheit aber war diese Bestimmung die verkümmerte Frucht eines einst wohl fortschrittlich zu nennenden Gesetzes, das konsequent auf eine gewaltlose Umverteilung des Eigentums abgezielt hatte, indem es die Hinterlassenschaft der Verstorbenen auf Jahresfrist zu einer freistehenden Sache erklärte.

Jedermann durfte sich ihrer so lange in angeborener Freiheit bemächtigen und jedermann durfte sie – unter Schonung der Substanz – als seine Sache betrachten, wobei er ihre Fruchtnießung ohne alle sonstigen Einschränkungen auskosten konnte.

Unter der Patronanz des schönen Scheins eines sinnlosen Brauchtums machte sich also die verarmte Bevölkerung rücksichtslos die ursprüngliche Absicht des Gesetzes wechselseitig zunutze, indem sie sich an der spärlichen Verlassenschaft der Verstorbenen bereicherte, bis ein Todesfall in der eigenen Familie alle Frucht- und Nutznießungsrechte gegenstandslos machte.

Erstes Kapitel

ANKUNFT

DREI HÄUSER STANDEN LEER, ALS ICH IN ZICK ankam, die Familie in einem vierten stattete sich gerade mit dem Nötigsten aus, in einem fünften und sechsten fehlten noch Tische und Stühle, der wichtigste Hausrat. Auf den Fußböden warteten Matratzen auf Bettgestelle und -einsätze.

Meine Ankunft in Zick war der Auftakt zur Plünderung, denn bis zum Eintreffen des »Stellvertreters« oder »Verwalters«, wie man den Erbfolger in einfältiger Ironie auch nannte, war das Haus des Verstorbenen eine verbotene Sache, und erst in der Nacht, die seiner Einsetzung folgte, durfte mit den Raubzügen begonnen werden.

Am Bahnhof, der von außen wie aus den Überbleibseln einer Barackensiedlung und scheinbar nur zu dem Zweck, mich aussteigen zu lassen, zusammen- und aufgefahren zu sein schien, erwarteten mich außer der Tante, die, mir zur Begrüßung, neben sich auf dem Gleiskörper eine Scheibtruhe abgestellt hatte, die Oberhäupter und Gefolge der sechs betroffenen Familien, vielleicht, um die Stärke des zukünftigen Gegners zu prüfen, vielleicht, um ihn einzuschüchtern. Der Tante, die etwas abseits alleine dastand, rannen die Tränen über das Gesicht, als sie mich, den kleinen, schwarzen, nur von einer Schnur zusammengehaltenen Pappendeckelkoffer in der Hand, auf dem Trittbrett des noch fahrenden Zuges entdeckte. Ich sprang ab, winkte ihr zu und eilte hin zu ihr, als auch schon der Zugführer das grüne Signal hob und so das Zeichen zur Weiterfahrt gab.

Den Koffer legte ich in die Schreibtruhe, deren Griffe fein ausgeführt waren und in zwei menschliche Hände aus Holz ausliefen, darüber den schwarzen Regenschirm mit dem schön verzierten Horngriff. Ich umarmte die Tante, wir küßten einander auf beide Wangen, ich wurde bekannt gemacht, nannte dem offenbar Ältesten, der mich als erster begrüßte, meinen Namen – er wandte sich kurz von mir ab, der Scheibtruhe zu und sah sich mein Reisegepäck an, den Schirm, der obenauf lag, darunter den Koffer, drehte sich wieder zu mir um und sagte unter einer knappen Verbeugung, die eine kleine Unordnung in sein reiches, gescheiteltes und nach hinten gekämmtes Haar brachte: »Es ist mir eine Ehre, Sie kennenzulernen, Herr Verwalter!« Danach trat er mit einem weiten Schritt in die Reihe der Versammelten zurück, um dem Nächstältesten Platz zu machen. Auch dieser grüßte mich, die Hände an den Falten seines glockig geschnittenen Uniformrockes, den Kopf leicht gesenkt. Noch viermal wiederholte sich diese Prozedur, bis ich schließlich allen »Göds« – so nannte man die Verwalter, die nach Ablauf ihrer Karenzzeit bei ihren Familien blieben – vorgestellt war. Unter ihnen fielen mir besonders zwei auf, die ein gutes Stück jünger sein mußten als ich, aber alle, die Älteren wie die Jungen, legten eine gleichbleibende, ernste Höflichkeit an den Tag, die sie und ihr Verhalten streng von dem der Restfamilien schied.

Nach einer kurzen Pause, in der wir nur dastanden und uns schweigend anschauten, während sich die übrigen Familienmitglieder durch ein sinnloses Hinundherschießen der Hände und ein unbegreifliches Schnappen der Münder Luft machten, empfahl sich der älteste Göd mit einer Verbeugung und nach ihm die anderen, und der Zug der Familien verschwand im Schatten des Bahnhofsausganges, der von einem schweren Milchglasvordach überwölbt war.

Ich nahm die Scheibtruhe, in die die Tante wegen der Nachmittagshitze ihren dünnen, durchsichtigen Regenschutz gelegt hatte, an beiden Griffen auf, und diese legten sich leicht in meine Hände, so daß es schnell zwischen den Tischen und Stühlen quer durch den Bahnhofwartesaal ging, der zu einer geräumigen Ausschank umgebaut war. Bekannte meiner Tante, die uns da und dort kaum merklich zunickten, drängten sich um die Tische, und in einer kleinen Loge, die vom übrigen Raum durch eine Kleiderablage getrennt war, erkannte ich welche, die mir noch von meinem ersten Besuch als kleiner Bub her erinnerlich waren: einen jungen, bärenstarken Burschen in einem sackfarbenen Wolleibchen und mit einem borstigen Schnauzbart, der, die Ärmel bis über die Ellbogen aufgestrickt und die Ellbogen auf den Tisch gestemmt, mit der rechten Hand, als wollte er eine Erinnerung wegwischen, immer wieder über sein Gesicht fuhr, während ihm ein zweiter, an den ich mich noch erinnerte, weil er immer wieder die Augen schloß und unter den geschlossenen Liddeckeln rollte, als wollte er einen Schrecken verjagen, eine Geschichte erzählte, die immer wieder im Lachen eines dritten, mir unbekannten, dicken Mannes, der schwarz gekleidet war und das Aussehen eines Meßdieners hatte, unterging. – Ich wollte stehenbleiben, um ihnen zuzuschauen und vielleicht den Blick eines der Bekannten aufzufangen und zu erwidern, aber die Tante zerrte heftig an meinem Rockärmel und zog mich weg, wobei sie ärgerlich mit gedämpfter Stimme sagte: »Schau nicht dahin!«

Sie bahnte uns den Weg zwischen den Stühlen der Wirtshausbesucher hindurch, die unsere Anwesenheit kaum zur Kenntnis nahmen, sondern nur nachdenklich auf ihren Stühlen nach vorne wippten oder, wenn nötig, diese ein Stück tiefer unter ihre Tische rückten, wenn ihnen die Tante, fast zärtlich, die Hand auf die Schulter legte.

Wir traten ins Freie. Die Schwingtüre des Bahnhofs schlug hinter uns zu. Die helle, breite Straße, die vom Bahnhof wegführte, hatte tiefe Schlaglöcher, in denen sich nach dem letzten starken Regen eine braune, ölige, stechend riechende Flüssigkeit gesammelt hatte. Die Tante ging rechts von mir, immer ein bis zwei Schritte vorne weg und drehte sich manchmal, während sie mit mir sprach, zu mir um.

»Dein Onkel war eine außergewöhnliche Persönlichkeit, es wird deshalb nicht leicht für dich sein, seine Stelle zu übernehmen und ihn zu ersetzen. Das aber wird von dir erwartet, nicht von mir – mir kannst du ihn nie ersetzen! –, aber von den andern. Man erwartet ja nicht viel: ein wenig Einfühlungsgabe, Hausverstand, Gruppengeist. Machst du mit, so wird's dir gutgehn, sagt man bei uns. Das Leben soll weitergehen, man haßt alle Abwechslungen, jede Abwechslung bringt mehr vom selben. Wir brauchen keine Veränderungen, wir haben keine Zeit dafür: Sein Leben braucht man, bis man das Winzigste begreift. Das mag dir seltsam erscheinen – du kommst aus der Stadt! – Hier gilt der Städter nichts. Er läßt sich täuschen. Du bist nicht anders. Hast du nicht vorhin geglaubt, ich würde weinen? – Weine ich etwa?« fragte meine Tante und drehte mir mit einem Ruck ihr lachendes, irgendwie verdorben wirkendes Gesicht zu, in dem ihre zwei dunklen Augen frech aufleuchteten. Dann aber wurde sie wieder ruhig und sprach in einem rhythmischen, vom Takt ihrer schnellen, sicheren Schritte unterstrichenen Tonfall weiter: »Siehst du, du bist noch ein Kind. Du läßt dich irren. Nein, widersprich nicht. Ich habe dich geprüft. – Nimm zum Beispiel den zweiten Göd. Du hast gesehen, daß das Lid seines linken Auges schräg über das Aug herunterhängt, das macht nichts, es ist ein Schielauge, und ein Schielauge sieht nichts. Aber ich weiß, daß du auf nichts anderes geachtet hast, während er mit dir sprach. Das tun alle, damit rechnet er. Paß auf, wohin du trittst!« sagte meine Tante. Die Straße neigte sich leicht, und ich hatte alle meine Aufmerksamkeit auf die Scheibtruhe gerichtet, nur damit ich mit dem kleinen Holzrad den Schlaglöchern auswich, während ich selbst mit meinem linken Fuß beinahe in ein knietiefes Loch geraten wäre. »Er rechnet damit, daß man sein linkes Auge fixiert, aber er sieht mit dem rechten. Wir, die ihn schon lange kennen, machen einen Bogen um ihn und kommen von links, wenn wir ihn anreden. So bleibt uns ein kleiner Vorsprung. Er ist eine Wildkatze!«

Wir gingen ein Stück schweigend nebeneinander her. Die Tante nahm einmal kurz den Regenschirm aus der Scheibtruhe, um ihn auf seine Biegsamkeit zu prüfen. »Den müssen wir gut verstecken!« sagte sie und legte ihn zurück in die Truhe, nahm ihn aber gleich wieder heraus. Ich verstand nicht, was sie meinte, fragte sie aber nicht, sondern schob die Truhe vorsichtig die stark abschüssige Straße hinunter, während meine Tante frei vor mir ausschritt und ganz in Gedanken verloren schien. – Nur hier und da stocherte sie mit der Schirmspitze unter den Grasnarben und hob die Wurzelbüschel ein wenig in die Höhe. Ich mußte den Karren fest zurückhalten, damit er mir nicht die Straße hinunter davonlief, und manchmal, wenn es mir gar zu schnell wurde, stellte ich mir vor, daß die Holzhände an den Truhengriffen meine Arme oberhalb der Ellbogen umfaßten und festhielten, damit ich nicht hinfiel.

»Als erstes müssen wir dir etwas zum Anziehen herrichten. Das geht hier nicht!« sagte sie und hob dabei mit der Spitze ihres Schirmes die Schöße meines stark gemusterten Rockes hoch. – »Und was du für einen Hut aufhast!« lachte sie spöttisch. Es war ein breitkrempiger Sonnenhut, den ich auf Anordnung meines Arztes zu tragen hatte, weil ich hitzeanfällig war und auf Grund großer Blutarmut in der Sonne leicht das Bewußtsein verlor. »Gib ihn mir her!« sagte die Tante. Aber als ich mich nach vorne beugte, um die Scheibtruhe kurz abzustellen, zog sie ihn mir selbst vom Kopf und stülpte ihn sich über. Mit ein paar Griffen drückte sie an drei Stellen die Krempe hinunter und gab ihm damit ein Aussehen, als wäre er von jeher ihr angemessen worden. Das Material, vorher steif, gab jetzt nach, und bei jedem ihrer weit ausholenden Schritte wippte die Krempe mit. Ich war sehr erstaunt darüber, wie sie sich Dinge gefügig zu machen verstand, und wie zur Antwort darauf, drehte sie sich wieder lachend um und sagte in ihrem hochmütig-spöttischen Tonfall: »Du mußt noch viel lernen!« – Auch ich wollte lachen, denn langsam, glaubte ich, ging mir ein Licht über sie auf, und auch wollte ich lernen, aber meine Hände schwitzten noch immer um den Truhengriffen, und wie zur Abwehr, als wollte ich einem Schlag ausweichen, drehte ich mein Gesicht halb zur Seite.

Die Tante ging jetzt etwas schneller. Sie schwieg, schleuderte bei jedem ihrer Schritte den Schirm weit hinaus und stützte sich beim Aufsetzen schwer darauf. Manchmal drehte sie den Kopf kurz zur Seite, als wollte sie mir in ihrem scharfen Befehlston etwas zurufen, aber als hätte sie es sich anders überlegt, schaute sie dann wieder geradeaus und machte noch größere Schritte, so daß sich der Abstand von mir zu ihr bis auf etliche Meter vergrößerte. Ich lenkte die Scheibtruhe hinterher und bemühte mich, ihr Tempo zu halten, aber die vielen Schlaglöcher, denen ich geschickt ausweichen mußte, damit ich nicht hängenblieb, machten das unmöglich.

Die Sonne stand im Westen. Wenn ich aufschaute oder die Tante ein wenig die Krempe ihres Hutes hob, schien sie uns direkt ins Gesicht. – Vielleicht wollte sie mich mit ihrer Hartnäckigkeit zu Worten reizen, aber ich sagte nichts, und als sie – wohl deswegen – noch weiter ausschritt, strengte ich mich nur doppelt an und schob meine Fuhre gefährlich am Rand der Gruben und Löcher entlang, vor deren Tiefe ich mich nun nicht mehr fürchtete, deren Tücke ich andererseits nicht unterschätzte, weil der Boden in ihnen lehmig und weich war. Ich gaffte hinter ihr her, das Holzrad vorne quietschte im Takt zu ihren Schritten. Wenn ich vom Boden aufsah, sah ich ein Stück vor mir ihre langen Röcke unter den beinahe städterhaft eleganten Bewegungen hin- und herschwingen. Meinen Hut hatte sie in den Nacken geschoben, so daß er ihren Haarknoten völlig verdeckte. Ihre schöngeformten Beine bogen sich beim Aufsetzen wie Ruten, aber plötzlich knickte sie rechts ein und beugte sich hinunter, um ihren Knöchel zu reiben. Den Kopf nahe den Kniekehlen am Rocksaum, sah sie mich von unten herauf an und fragte seufzend und schmeichelnd: »Ich bin so müde, kannst du mich nicht ein Stück fahren?« Ich nickte nur, verlangsamte meinen Gang, bis ich bei ihr war und sie sich, als könnte sie sich vor Anstrengung nicht mehr gerade halten, rückwärts in die Scheibtruhe sinken ließ.

»Ich habe Vertrauen zu dir!« sagte sie nach einer Pause wieder in ihrem alten Ton, nachdem sie sich in der Scheibtruhe zurechtgesetzt hatte. – »Vorhin dachte ich, du wolltest schon jetzt verzweifeln. Es hätte mich nicht gewundert: Ihr Städter fallt ja schon um, wenn euch ein Windhauch anbläst. Ihr seid zerfahren, unschlüssig, wehleidig. – Hast du nicht bemerkt, wie sich selbst die Kinder über dich lustig machen, weil du nicht weißt, wohin du deine Hände tun sollst? – Allein vom Zuschauen wird man ganz irr! – ›Sieh ihn dir an!‹ sagte ich mir, ›er ist am Ende!‹ – Jetzt, wo alles erst anfängt!« fügte die Tante hinzu und drehte sich dabei in ihrer Scheibtruhe zu mir um, daß ich kaum das Gleichgewicht halten konnte und jetzt wirklich in eines der Schlaglöcher abrutschte, das bis zum Rand voll Wasser war. »Aber langsam fange ich an zu glauben, daß du dich anstrengen wirst. Bieg da vorne nach links ab und gib acht, es wird steil!« – Sie hielt den Schirm in ihrer linken Hand, der Koffer lag quer in ihrem Schoß, die Handtasche zuoberst. Zu ihren Worten stieß sie den Schirm fest auf den Boden, der wie niedergestampft war und an manchen Stellen Risse hatte, weil dem kurzen Regen eine lange Trokkenperiode vorangegangen war. »Du hast einen Vorteil«, sagte die Tante jetzt, »und wenn du klug bist, wirst du ihn nützen: Man hält dich für dumm. Sag nichts, ich weiß es. – Dein karierter Rock, dieser verrückte Hut, das Reisegepäck, der Regenschirm – man staunt ja nur, daß du dir nicht eine Draisine gemietet hast! Hast du nicht bemerkt, wie unverschämt sich der erste Göd über dein Gepäck hergemacht hat? – Bevor der Zug ankam, waren wir alle in der Bahnhofswirtschaft. Ein Abschiedstrunk, das ist bei uns so Brauch. Und weißt du, wovon wir gesprochen haben? Von dir. Das ist nicht üblich (man spricht nicht vom Winter, wenn er ans Fenster klopft), aber eines war sonnenklar: Dein lächerlicher Auftritt! – Und wirklich: Der eine Fuß am Trittbrett, der andere in der Luft, in der einen Hand ein Köfferchen, die andere am Türgriff. Der Städter besucht die Verwandten am Land übers Wochenende. Ich könnte heulen. Bei der nächsten Abzweigung geht es nach rechts.«

Die ganze Zeit sprach die Tante, ohne sich auch nur ein einziges Mal zu mir umzudrehen. Ihre Beine hingen lang über den Rand der Scheibtruhe, die Schuhabsätze schlugen abwechselnd gegen die vordere Wand. Nur einmal wandte sie sich, während sie sprach, halb zur Seite, um eine Zeitlang in ihrer Handtasche herumzukramen. Schließlich holte sie eine kleine, quadratische Photographie aus einem Briefumschlag und hielt sie, das Bild mir zugewendet, in die Höhe. »Erkennst du das?« fragte sie, plötzlich ganz versöhnlich. Es war ein Gruppenphoto, aber obwohl ich mich beim Schieben ganz zwischen den Griffen nach vorne beugte, konnte ich niemanden unterscheiden. »Das ist dein Onkel, neben ihm steht der erste Göd«, sagte sie und wies mit dem Zeigefinger auf eine freistehende Figur, während der Schirm auf dem Truhenrand gefährlich hin und her rollte. »Das hier bin ich, das ist der zweite Göd, und das hier«, dabei wies sie auf etwas, das der Onkel in seiner Armbeuge hielt, »weißt du, wer das ist? Das ist der sechste Göd. Ich habe ihn selbst gestillt!« Sie griff nach ihren Brüsten und drückte die Hände dagegen. Ein Jahr lang war meine Tante nach einer Fehlgeburt Dorfamme gewesen. »Und das da – schau her!« sagte sie und holte noch eine Photographie aus einem anderen Umschlag, den sie in der rechten Hand hielt. Auf ihr konnte ich wegen der Dunkelheit und der Entfernung gar nichts erkennen, außer einem weißen Flecken in der Bildmitte. »Das ist das Haus deines Vaters. Erinnerst du dich? Ich werde es dir zeigen, wenn wir im Dorf sind.« – »Wie weit ist es denn noch ins Dorf?« fragte ich. Die Landschaft vor mir streckte sich endlos bis zum Horizont, und im Umdrehen erschien mir auch der steile Bergrücken, den wir heruntergekommen sein mußten, eher wie eine langgestreckte Wolkenbank, die als dunstiger Streifen Himmel und Erde trennte. »Noch zwei Stunden«, sagte die Tante. »Wenn du willst, können wir ruhig ein wenig rasten.« – Sie sagte das aber so abweisend und so sehr mit ihrer Handtasche beschäftigt, aus der sie nun hintereinander immer neue, dicke Briefumschläge voll mit Photographien zog, daß ich nicht wagte, die Scheibtruhe abzustellen, sondern diese stumpfsinnig zwischen zwei, wie es schien immer gleichen, schwachen Bäumchen hindurchschob, einem traurigen Sonnenuntergang entgegen.

»Schneller, schneller!« sagte die Tante plötzlich heftig, aber noch immer über Photographien gebeugt, welche sie, das Gesicht dicht über der schwarzglänzenden Oberfläche, schräg zur tieferstehenden Sonne hielt, um mehr von ihrem Schein einzufangen. »Ich sehe schon fast nichts mehr, hast du nicht eine Taschenlampe?« Aber ohne meine Antwort abzuwarten, sagte sie: »Am besten, du hältst dich von nun an an das Bachbett, da kannst du den Weg nicht verfehlen.« Wir waren mit unserem Fuhrwerk bis ans Ufer eines ausgetrockneten Flüßchens gekommen, an das ich mich noch lebhaft erinnerte, weil ich in ihm während meines ersten Aufenthaltes in Zick oft gebadet hatte. Einmal, während eines Badeausflugs, die Männer waren mit ihren Wagen in den Bach gefahren und wuschen sie dort, die Frauen saßen, die seidenen Unterröcke über die Knie hinauf aufgerollt, am Ufer, hatten zwei Burschen wie verrückt auf einem überlangen Balken, den sie sich von einer vom Hochwasser abgeschwemmten Brücke geholt und quer über einen der großen Wackersteine gelegt hatten, geschaukelt. Auf einmal hatte der Balken wie von selbst angefangen, im Kreis zu gehen, und hatte sich, unbemerkt von den Burschen, die nur auf das Aufschlagen und Hochschnellen achteten, so weit auf die eine Seite verschoben, daß schließlich einer der beiden, der leichtere, ein magerer Halbwüchsiger mit einer vorne wie in einem Spitz zulaufenden Hühnerbrust und einem riesigen Buckel, so schwer gegen den Stein schlug, daß ihm das Fleisch in einem Lappen von Fuß und Zehen gerissen wurde und weißlich schimmernde Gelenke unter dem sich langsam wieder aufsammelnden Blut sichtbar wurden. – Jetzt standen in den Vertiefungen des Bachbetts zwischen den bleichen Steinen hier und da kleine dunkle Lacken, die von den starken Regengüssen der letzten Tage übriggeblieben waren. Aber überall dort, wo der Lehmboden ganz der Sonnenbestrahlung ausgesetzt gewesen war, hatten sich schon wieder knöcheltiefe Risse und Sprünge gebildet.

Mitten durch das ausgetrocknete Bachbett schob ich die Scheibtruhe, und die sinnlosen Stege über uns warfen in regelmäßigen Abständen breite Schatten in das tiefe Bett, neben dem nun rechts und links die sandige Uferböschung senkrecht aufstieg. Flache Rinnen im Boden gaben zu erkennen, daß es auch von schwereren Fuhrwerken als unserem benützt wurde.

»Hier haben wir früher oft gebadet!« sagte die Tante, plötzlich mit starker Bewegung. Dann verstummte sie wieder und legte endgültig einen großen Packen Photographien in die Handtasche, die offen vor ihr auf dem Handkoffer lag. »Du erinnerst dich an Oslip«, sagte sie dann – eher also wollte sie etwas feststellen als fragen. Sie war wieder ganz ruhig und schaute geradeaus. Ich wußte, daß sie mit Oslip jenen Burschen meinte, an den ich gerade gedacht hatte, und so wartete ich schweigend, was sie mir erzählen wollte. »Wir waren oft zusammen hier, du, Oslip, dein Vetter, und ich. Oslip hatte einen riesigen Bukkel. Und so eine Nase!« sagte sie übertrieben und zeichnete mit dem Zeigefinger ihrer linken Hand einen großen Bogen in die Luft. Dann legte sie den Finger still auf den Truhenrand und hielt sich damit fest. »Er war mein Geliebter. – Drei Tage nachdem du damals weg warst, waren wir zusammen hier, dort unten, am Wehr, wo der Mühlgang abzweigt. Dreh dich nicht um, wenn ich mit dir spreche – wie oft muß man dir das noch sagen!« sagte sie scharf, sprach dann aber gleich wieder versöhnlich weiter. »In einer der beiden Schleusen war ein Loch, so groß wie eine Durchreiche. Ihr seid da immer durchgetaucht. Das Wasser war schon damals nicht mehr zu regulieren. Einmal hat sich in diesem Loch ein Brückenpfeiler verkeilt, und einer von euch Buben blieb mit dem Kopf stecken, als er durchtauchen wollte. Zuerst hat sich niemand darum gekümmert, wie denn, es war ja doch immer das gleiche einfältige Spiel: durchtauchen, sich ein Stück bachabwärts treiben lassen und weiter unten im Ufergebüsch heraussteigen, so, daß keiner einen sehen konnte und alle glauben sollten, ihr wärt ertrunken. Oslip tauchte als nächster und fand ihn. – Egal. Du warst damals gerade nach Hause gefahren, und ich nahm Oslip mit zum Baden«, erzählte die Tante. Sie war jetzt wie außer sich und rutschte in der Scheibtruhe hin und her. »Die Burschen spielten eine Weile, plötzlich hatte einer die Idee, sie könnten einen Balken von einer der abgeschwemmten Brücken holen und eine Schaukel bauen.« Sie machte eine kunstvolle Pause, in der sie sich lauernd zu mir umdrehte, wie um mich auf meine Reaktion zu prüfen. Ich schaute nicht zu ihr hin, sondern schloß meine Augen. Weniger, daß sie mich wieder in meinen Erinnerungen ertappt hatte, als ihr Versuch, diese zu zerstören und die Geschichte des Badeunfalls zu einer Erinnerung an die Erzählung jemandes anderen zu machen, machte mich halb ohnmächtig vor Zorn. Hinter den geschlossenen Lidern wurde mir übel, und ich umklammerte die Truhenhände so fest, daß ich gleichzeitig die beiden Daumen von den Holzgriffen abbrach. Im Geist zählte ich meine Schritte, damit dieses Gefühl wieder verging, aber durch den Schleier hindurch drangen ihre Worte unbarmherzig scharf an meine Ohren. »Oslip holte den Balken«, fuhr die Tante fort und drehte sich wieder nach vorn, »er setzte sich an das eine Ende, der andere ihm gegenüber. Die beiden schaukelten so verrückt, daß wir alle von unseren Plätzen aufstanden und hingingen, um ihnen zuzuschauen. Daß er auch mich unter den Zuschauern fand, hat ihn erst recht aufgestachelt. – Wenn der Balken aufsetzte, stieß sich Oslip jedesmal nur mit dem rechten Fuß ab, so daß sich die Schaukel immer wilder im Kreis drehte und wie rasend hoch und nieder ging. – Was treibst du denn!« schrie die Tante. Ich war von ihrer Erzählung wie in Trance, das Gelände um mich hob und senkte sich wie in starkem Seegang, und die Scheibtruhe schlingerte dazwischen hin und her. »Mir ist schlecht«, flüsterte ich, aber sie hörte mir erst gar nicht zu, sondern, ganz in ihre Erinnerungen eingefangen, verstärkte sie noch die Schwankungen der Truhe, indem sie sich wie ein Kind mit beiden Händen am Rand festhielt und von der einen Seite zur anderen wiegte. »Du magst Oslip nicht, deshalb bist du so verrückt!« sagte sie schlau. »Du magst nur deine Freunde, die Herren Verwalter. Glaubst du, ich hätte nicht bemerkt, wie es dich im Wartesaal zu ihrem Tisch hingezogen hat? Renne ruhig in dein Unglück, ich werde dich nicht aufhalten!« Sie lehnte sich ganz in ihre Scheibtruhe zurück und starrte, die Arme unter dem Kopf verschränkt, unbestimmt in die Höhe. Die Stille war unerträglich, und ich zuckte zusammen, als irgendwo weiter vorne ein Gegenstand – ein Frosch? – klatschend aufs Wasser schlug. »Ich werde dir den Rest sparen«, sagte die Tante. »Wir trafen uns von damals an jeden Tag oben im Haus deines Vaters. – Dein Onkel hat nichts davon bemerkt. Niemand hat etwas bemerkt, hörst du!« sagte sie triumphierend.

Ich richtete mich auf, als hätte mich jemand geschlagen und als wären die Schläge jetzt ausgezählt. Und während ich mich noch zwischen den Truhengriffen streckte, um dieses Gefühl der Seenot zu vertreiben, war es mir, als streckte sich außerhalb von mir und um mich das ganze Gelände, als träte alles Wasser durch Spalten und Risse zurück in das Erdreich, als wölbten sich die Ufer über uns, um einzubrechen und einem vorzeitlichen Ungeheuer Platz zu machen, das alle Krusten von sich warf und vor uns den schmalen Hohlweg auf das Dorf zuwatschelte. – »Oslip ist tot!« sagte die Tante. »Es ist alles vorbei. Du kannst es allen erzählen.«

Zweites Kapitel

IM BALLSAAL

WIR HATTEN DIE SCHEIBTRUHE AM BACHRAND abgestellt und stehenlassen. Die Tante schritt selbstsicher und hoch aufgerichtet vor mir aus, die Schirmspitze in der Höhe ihrer Hüften gegen das Dorf gerichtet. Dann und wann stieß sie damit gegen die am Straßenrand abgestellten Abfallkübel, die unter ihren Schlägen metallen und, je nach der Höhe ihres Anschlagpunktes, dumpf oder hell dröhnten.

Wir folgten einem engen Weg, der am Bach entlang in das Dorf hinaufführte. Eine schmale Böschung – auf ihr warteten die teils offenen, teils geschlossenen Kübel – trennte unseren Weg von der geschotterten Straße, die in der Dämmerung wie ein milchiger, weicher Stoffstreifen wirkte, der auf einer Wiese zum Trocknen aufgelegt war. – »Weißwäsche«, sagte ich zu mir, aber so leise, daß es die Tante, die immer wieder mit dem Schirm gegen die Kübel schlug und dazu unverständlich mit sich redete, unmöglich hören konnte. *»Die Weißnäherinnen in den Regengüssen«*, sagte ich halblaut, und: »Frischgewaschene Häuserzeilen.« – »Tulpenbeete mit Hollandmädchen«, sagte ich und achtete dabei darauf, ob die Tante mit dem Schirm auf die Kübel schlug oder ob sie ihre Schläge weiter unten am Bauch der Kübel anbrachte. – Weiter vorne beobachtete ich in einer offenen Garage ein paar Männer in dunklen Overalls, die, seltsam gebogene Schraubenschlüssel und Spritzpistolen in den Händen, an einem aufgebockten, scheinwerfer- und radlosen Autowrack hantierten. Das Licht in der Garage war gelb und grell, und die Männer darin sahen aus wie

Grubenarbeiter in einer alten Photographie. – Die Schläge, die die Tante gegen die untere Hälfte der Kübel führte, begleitete ich mit tiefen, dunklen, langgezogenen Vokalen, während ich mir die höheren Laute für meine Worte suchte, sobald sie den Schirm hob, um ihn auf die Deckel oder gegen den oberen Rand sausen zu lassen.

»Er hat Augenkatarrh«, sagte ich und versuchte mit meinen Worten den Rhythmus ihrer Schläge zu erraten. Manchmal fuhren zwei Streiche auf einen Kübel nieder, und oft gelang es mir nicht vorauszusagen, welche Partie eines Kübels als nächste getroffen würde. So irrte ich mich, als ich »Abnormitäten in Antimonbergwerken« flüsterte, und je komplizierter das wurde, was ich sagte, desto seltener stimmten Schlag und Tonhöhe des Wortes überein. Ich sagte: »Das Karzinom des Grammophonproduzenten« und erreichte nur eine Übereinstimmung. »Samstags und sonntags«, sagte ich, und alle Töne paßten haargenau. »Nein, immer nur samstags«, verbesserte ich und machte einen Schritt über eine Pfütze hinweg, »sonntags geschlossen!« sagte ich und schwenkte meinen kleinen, schwarzen Koffer, »sonnabends nie!« – »Kentauren hinter Kamelkarawanen«, sagte ich, aber nichts stimmte. »Badewannen!« – und wieder waren alle Haupttöne richtig. »Du bist so wetterwendisch«, sagte ich. »Zur Wintersonnenwende sind die Berge wieder ganz weiß!« – »Weiß Gott!« sagte ich heftig, als auch die Halbtöne stimmten.

»Was redest du denn da?« fragte die Tante und drehte sich zu mir herum. Ihre dunklen Augen schimmerten rötlich, weil der Schein der ersten Straßenlampen in sie fiel, und ihre Haare hatten in der künstlichen Beleuchtung einen beinahe rötlichen Schimmer. Sie war ein Albino. Ich wollte sie in dieser Maskerade nicht ernst nehmen und sagte nichts, auch als sie die Frage wiederholte und vor Ungeduld auf den Kübel neben sich einschlug. – »Wir sind jetzt da!« sagte sie dann abschließend, so als wäre mit dieser Feststellung alles andere nebensächlich geworden. Sie hob den Schirm und wies mit der Spitze auf ein niedriges, quadratisch angelegtes Gebäude, das den Charakter einer Dorfschule hatte.

Das Haus bildete die Mitte eines vor uns sich weitenden Platzes, von dem die Häuserreihen zu beiden Seiten ins Dunkel zurückwichen. Seine Vorderfront war unbeleuchtet, und über dem Eingang, zu dem eine zu schmal ausgefallene Treppe hinaufführte, ragten von zwei geschwungenen Armen Lampen. Weiter hinten, an der linken Seite des Hauses, brannte in mehreren Fenstern Licht, und durch die geschlossenen Fensterläden und Türen tönte Musik wie von einem Jahrmarkt. Mit ihr vermischte sich das entfernte Grölen von Betrunkenen und das Plätschern des nahen Baches, der hier aus einem Kanalrohr kam und unter einer kleinen Brücke durchfloß. Wir standen eine Weile stumm vor dem Haus und horchten den Geräuschen nach, ich, die rechte Hand auf dem Brükkengeländer, die Tante, in der einen den Schirm und über dem abgewinkelten anderen Arm die Pelerine, die sie schützend gegen die Brust drückte. Ich blickte zum stumpfwinkeligen Giebel des Hauses hinauf, als plötzlich das Licht über dem Tor anging und ich in einer breiten Girlande unterhalb des Giebels das Wort »Ballsaal« lesen konnte. Das dreimal wiederholte ›a‹ des Wortes hatte die auffällige Form einer nach oben zulaufenden Leiter mit zwei Querbalken. – Auch die Tante stand still, wie gerührt von diesem Wunder. Dann schritt sie mit einer schnellen Wendung auf die Treppe zu und verstaute den Schirm mit einer hastigen, kaum merklichen Bewegung in der dunklen Öffnung, die unterhalb der Treppe vom Baumeister frei gelassen worden war.

Erst als ich auf die erste Stufe der Freitreppe trat, erkannte ich, daß es sich bei den Lampenarmen wirklich um Menschenarme aus pechschwarzem Schmiedeeisen handelte. Es waren Arme, die aus einem mächtigen Oberkörper wuchsen. Dieser war reliefartig in das Mauerwerk eingeschnitten. Die Hände umschlossen kugelförmige Lampenschirme und richteten diese so gegen den Oberkörper, daß das Licht geradewegs auf die Haustüre fiel. Sie war breit und lief in einem stumpfen Bogen nach oben zu. In der Höhe, knapp über den Schultern und einem sehr kurzen Hals, war an Stelle des Kopfes ein Sonnenrad in den Verputz gemeißelt worden. – Als ich, um das Bild aus größerer Entfernung besser zu erfassen, ein paar Schritte zurücktrat, löste es sich auf, und ich mußte wieder näher herangehen, um die kunstvolle Ausführung des Reliefs und die Details auf mich wirken zu lassen. Nur in einer bestimmten Entfernung, so als wäre das Ganze das Werk eines Kurzsichtigen, gewann man den richtigen Eindruck. War man zu nah, verschwamm das Bild, und es war, als würde man von einer unbestimmbaren Kraft zur Türe hin gezogen, war man zu weit weg, so löste es sich wieder auf. In der rechten Hand hielt ich dabei die beiden Holzdaumen am Grund meines Hosensackes, die ich von den Scheibtruhengriffen abgebrochen und heimlich eingesteckt hatte. – Diese Scheibtruhendaumen in meiner Hand und die Lampenarme über mir an der Hausmauer, die Übereinstimmung dieser beiden Erscheinungen, ihre Zusammengehörigkeit und Zusammenhanglosigkeit, das alles erschien mir plötzlich wie ein Witz mit einer hinterhältigen Pointe, die gegen mich gerichtet war, die ich aber nicht verstand. Ich ballte die Faust in meiner Hose und trat rasch hinter meiner Tante durch die Haustüre in einen schmalen, hell erleuchteten Gang, in dem uns der erste Göd mit den Worten: »Ihr habt euch aber Zeit gelassen!« empfing.

»Er macht ja nicht weiter«, sagte meine Tante, verärgert, daß sie sich meinetwegen rechtfertigen mußte. »Da, schau nur, was er jetzt wieder tut!« sagte sie und deutete mit dem Finger zurück auf mich, der ich in eine kleine Nische getreten war und einen hellen Fleck an der nachgedunkelten Wand anstarrte. Früher war er wohl von einem Spiegel verdeckt gewesen, in dem die Ballgäste ihre Garderoben überprüft hatten. »Er ist und bleibt ein Träumer!« sagte die Tante zornig, nahm mir den Koffer aus der Hand und stellte ihn in die Nische.

Der Gang, durch den wir gingen, machte einen großen Bogen, und alle paar Meter waren mächtige

Türstöcke in die Wand eingelassen, deren Öffnungen teilweise von allerlei Gerät verstellt, teilweise zugemauert waren. Es handelte sich, wie ich bald herausfand, um Zugänge zu einer kleinen Bühne, die früher Theatervorstellungen und Ballettvorführungen gedient hatte.

Die niedrigste Türe am Ende des Ganges stand offen, und durch sie betraten wir gebückt den Ballsaal, den das Licht einiger auf den Tischen verteilter Kerzen nur ungenügend ausleuchtete. Die Tische, einfache Holzbretter auf Böcken, wie man sie im Sommer in Gastgärten aufstellt, standen entlang an der linken Wand, und an ihnen entdeckte ich, in Gruppen beisammensitzend, die Familien der sechs Göds. Weiter hinten, an der Rückwand des Saales und von den anderen abgesondert, erblickte ich die drei Burschen aus der Bahnhofschenke. Sie sahen aus, als hätten sie ihre Plätze dort nie verlassen: Wieder erzählte der eine seine Geschichten, und der Bursche mit dem Schnauzbart, der mich an einen Freund in meiner Heimatstadt erinnerte, fuhr wieder und wieder mit der Hand über sein Gesicht, während der Meßdiener – halb von den beiden anderen abgewendet – in den Raum stierte, wobei sein Oberkörper häufig von seinem Lachen erschüttert wurde.

Zerdahel

Am untersten Tisch, links von den Burschen, machte ich einen älteren Bauern aus, der seinen Trachtenhut mit einer kurzen grünen Feder ganz in den Nacken zurückgeschoben hatte und auf sein Bierglas starrte, das in einer großen Lacke vor ihm auf dem Tisch stand. Er mußte schwer betrunken sein, denn um ihn herum stand eine Gruppe von sechs- bis zehnjährigen Kindern, die mit ihren Händen ungestraft tief in seine Rocktaschen fuhren und allerlei Gegenstände daraus hervorzogen und in ihre Taschen steckten. Nur manchmal löste der Betrunkene seine Starre und schlug mit der geballten Faust auf die Tischplatte. Dazu fluchte er, drückte einen Zigarettenstummel im Aschenbecher vor sich aus oder hob vorsichtig eines der Weingläser auf, um es, wie nach Plan, an einer anderen Stelle niederzustellen.

Für einen Augenblick waren Gespräche und Musik verstummt, als wir, geführt vom ersten Göd, den Saal betraten. Man hörte nur kurz das tiefe Brummen, das von einem breiten, altmodischen Musikschrank an der rechten Wand herrührte, es ging aber bald wieder in dem eintönigen Geleier der Männer- und Frauenstimmen unter. Neben dem Musikschrank auf dem Boden standen mehrere Kisten mit Bier- und Rotweinflaschen, von denen etwa die Hälfte geleert war. Die Göds mußten einen anderen, viel kürzeren Weg vom Bahnhof hierher genommen haben und lange vor uns eingetroffen sein, denn es war viel getrunken worden.

Die leeren Flaschen bildeten entlang der Wand eine Reihe, sie waren nach Form und Größe in Gruppen geordnet. Eine Flasche bildete den beweglichen Mittelpunkt eines Spiels, das ein paar Kinder spielten, die auf dem Boden kauerten. Auch sie mußten zu trinken bekommen haben, denn einige torkelten benommen herum und drehten sich, die Arme seitlich weggestreckt, wie toll im Kreis, bis sie schwindlig wurden oder vor Müdigkeit umfielen, wobei sie häufig schwer mit Stirn oder Hinterkopf gegen Tischkanten oder harte Stuhllehnen schlugen.

Die Erwachsenen schienen sich um den Zustand der Kinder und ihre Spiele nicht zu kümmern. Nur wenn sie sich von den umhertaumelnden Körpern in ihren Gesprächen gestört fühlten, holten sie mitten im Reden mit der Hand aus und verteilten wahllos Ohrfeigen, ohne zwischen Schuldigen und Opfern zu unterscheiden.

Ich stand eine Weile da und bestaunte dieses Treiben. – Da ich nach den vorangegangenen Ermahnungen meiner Tante nicht wagte, mich an den Tisch zu den drei Burschen zu setzen, ging ich, einerseits um doch in ihrer Nähe zu sein, andererseits weil mich das Spiel der Kinder lockte, die sich um den nun wie bewußtlos dasitzenden Greis drängten, dessen Arme schlaff an beiden Seiten herunterhingen und dem die Stirne auf die Tischplatte gesunken war, zu dessen Tisch und setzte mich ihm gegenüber an die Ecke. An diesem Tisch saß sonst niemand, dafür aber war der Nebentisch überbesetzt. Der dritte und der fünfte Göd mit ihren Familien drängten sich darum.

Während ich das Spiel der Kinder beobachtete, rückte ich mit meinem Stuhl näher an den Nebentisch heran, um die Familien der beiden Göds unauffällig bei ihrem Gespräch zu belauschen. Diese aber durchschauten meine Absicht, rückten mit den Köpfen enger zusammen und begannen zu tuscheln. – Bald darauf war man sich, wie es schien, einig: Der fünfte Göd stand feierlich auf und ging mit weichen Schritten zum Musikschrank hin, auf den er sich, so als wollte er eine Ansprache halten, mit einer Hand aufstützte. Er räusperte sich, wie um Aufmerksamkeit zu erlangen, beugte sich dann aber nur hinunter, öffnete die Schranktüren und legte eine Schallplatte auf, deren Rand – wohl infolge zu starker Sonneneinwirkung – hoch aufgewölbt war. Dementsprechend war auch die Musik: Das an- und abschwellende Rauschen übertönte manchmal das Spiel der Instrumente, hauptsächlich Dudelsäcke und Schlaginstrumente, die immer und immer wieder die gleichen eintönigen Themen schottischer Militärmusik abwandelten. Dazu tanzte die Abspielnadel auf der gewölbten Plattenoberfläche und verschwand manchmal völlig, wie ein kleines Boot, in den Wellentälern. Dem Göd schien diese Musik zu gefallen – zuerst drehte er im Takt zu dem Auf und Ab der Nadel an den Knöpfen des Grammophons, indem er das Rauschen der Platte verstärkte, wenn die Nadel ein Wellental hinuntersauste, und die Lautstärke verminderte, wenn sie den Wellenberg hinauffuhr. – Dann winkte er den dritten Göd, der um ein Stück kleiner war als er selbst, zu sich, stützte sich auf ihn, indem er seinen Arm um dessen Schultern legte, und machte einen Krüppel nach, wobei er ein steifes rechtes Bein im Takt zur Musik nachschleppte und immer wieder mit dem gesunden Bein einknickte. Der dritte Göd wiederum, der seinen Arm zur Stütze um die Hüften des anderen gelegt hatte, griff ab und zu mit seiner freien Hand übertrieben nach der Brusttasche unter seinem Rockaufschlag, holte ein großes, schmutziges Taschentuch hervor und wischte dem Krüppel damit über die Stirn.

Während dieser Vorstellung wandte sich der fünfte Göd unter dem Gelächter und den Herausforderungen der Herumsitzenden häufig auffällig an mich, deutete mir, indem er eine einladende Bewegung mit seinem Kopf machte oder mir hämisch – durch nachdrückliches Schließen und Wiederöffnen der Augen – zublinzelte.

Erstes, längeres Gespräch

»Schauen Sie nicht dahin!« sagte plötzlich, ohne aufzublicken, der Betrunkene, an dessen Tisch ich mich gesetzt hatte. »Wenn Sie nicht hinsehen, hört er vielleicht wieder auf.« – »Warum macht er das denn?« fragte ich, verwirrt und vor Aufregung rasch einatmend. – »Es ist mein Neffe, ›kleiner Diebstahl‹, – hier haben alle sprechende Namen!« fügte er zur Erklärung hinzu und überging meine Frage mit einer Handbewegung. »›Kleiner Diebstahl‹ ist dritter Göd. Ich heiße Zerdahel, ›der Stotterer‹: ich habe früher einmal gestottert. Der Name ist trotzdem irreführend. Egal. – Es sind Vulgonamen, keine Familiennamen. Wenn ein Bieresch seinen ersten Hausbesuch macht (bei seiner Weihe zum Göd), bekommt er von den anderen Göds seinen Namen. – Was Sie hier sehen«, sagte er und machte mit seinem Arm eine weit ausladende Bewegung, »das nennen wir übrigens: ›einen Hausbesuch machen‹. ›Kleiner Diebstahl‹ erhielt seinen Namen, als er zum ersten Mal mit den anderen zu Rák ging. – Rák bedeutet ›Krebs‹, der Name ist ungarisch, er kommt aus dem Slawischen, bei den Bieresch bedeutet er auch ›das andere Urteil‹. – Das muß ich Ihnen erklären. Sie haben vielleicht schon einmal von den Histrionen erzählen hören. Es ist eine in dieser Gegend noch immer mächtige Sekte, deren Gründungszeit in die dritte und vierte Generation fällt. Die Histrionen vertreten die Ansicht, daß jede Untat zwei Schuldige habe, den Täter *und* das Opfer. Ihre Ansicht begründen sie mit der Geschichte von Kain und Abel. ›Das Opfer‹, heißt es bei ihnen, ›schreitet zur Tat, der Täter zur Schlachtbank.‹ Abel, so heißt es, habe Kain gerufen (denn in den Schriften steht: *so ruhet die Sünde vor der Tür und nach dir hat sie Verlangen*), und Kain habe nur das Urteil vollstreckt, das Abel über sich selbst verhängt habe. Jede Untat, behaupten die Histrionen, ist nur eine Sühne für vergangenes Unrecht, und da sie offenbar wird, wiegt sie leichter als ihre Ursache, die im verborgenen bleibt. ›Wie schwer‹, fragen die Histrionen, ›muß Abel gesündigt haben, daß seine Tat nur durch einen Mord gesühnt werden konnte!‹ – Und auf Grund dieser Auslegung wird bei uns (nach – für den Uneingeweihten undurchschaubaren – Berechnungen) einmal im Jahr das Opfer eines Verbrechens, symbolisch für alle, zum Tode verurteilt, während der Täter freigeht. – Rák, sagte ich, bedeutet: ›das andere Urteil‹. Von ihm sagt man, es sei krebsgängig, denn in jedem

Urteil, heißt es, wie Sie jetzt vielleicht besser verstehen werden, in den histrionischen Gesetzen, ›ist ein zweites Urteil enthalten‹. Dieses Urteil hebt das erste teilweise oder zur Gänze auf.«

Die Legende von den Namen

Der Betrunkene neigte sein Bierglas und fuhr mit dem dicken Zeigefinger seiner rechten Hand hinein, um etwas daraus zu entfernen. Dann nahm er einen kleinen, blechernen Löffel und rührte im Glas um, bis sich an der Oberfläche etwas Schaum gebildet hatte.

»›Kleiner Diebstahl‹«, setzte er seine Erzählung fort, »brachte von seinem ersten Besuch bei Rák nur einen alten, fast blinden Spiegel mit: daher der Name. – Diese vier«, unterbrach er sich und wandte sich ungeduldig um, um auf die Kindergruppe zu zeigen, die rechts von ihm stand, »gehören zur Familie von ›kleiner Diebstahl‹. – Verschwindet! – Die anderen«, es waren insgesamt fünf, »gehören zur Sippe von Naghy-Vág, das ist zu deutsch ›das Einhorn‹. Rák ist vierter Göd, Naghy-Vág zweiter. Sein Name kommt daher, daß er schielt und daß sein Schielauge praktisch nichts sieht. – Den fünften Göd nennen wir ›Stitz‹, ›das Milchgesicht‹. ›Stitze‹ heißen bei uns bestimmte Milchkrüge, die keine Henkel haben, und Stitz hat, wie Sie bemerkt haben, keine Ohren. Der sechste Göd heißt Lumiere oder ›die Birne‹ – es ist eine Verballhornung. Mit dem Familiennamen heißt Lumiere Limier (das ist französisch), Rák kann Französich und taufte ihn wegen seines großen Kopfes auf Lumiere um.

– Soweit die aufsteigende Linie. Untereinander, in absteigender Linie, nennen sich – und das ist eine Katastrophe, deren ganzes Ausmaß man auf den ersten Blick gar nicht überschauen kann – die Göds anders. Ausgenommen davon ist der erste Göd, er wird immer und von allen mit ›Erster Göd‹ angeredet. ›Kleiner Diebstahl‹ redet das Einhorn – wegen seiner Augenstellung und wegen seines Vogelkopfes – mit ›gekreuzter Schnabel‹ an. Rák nennt Naghy-Vág wegen seines Buckels (den übrigens alle seine Kinder geerbt haben) immer nur ›ein Rucksack voll‹, während er zu ›kleiner Diebstahl‹ der ›Spiegel‹ sagt – weshalb, versteht sich von selbst. Stitz nennt das Einhorn wegen dessen Augenfarbe ›Berlinerblau‹. Kleiner Diebstahl heißt bei ihm wegen des Spiegel-Abenteuers ›Katzensilber-auf-dem-Weg-von-ihm‹ und Rák, weil er einen kleinen Sprachfehler hat (er kann kein ›sch‹ aussprechen), ›fließendes Wasser‹. Lumiere, der ein glänzender Schachspieler ist, nennt das Einhorn wegen der hervorstehenden Augen (den ›Türmen‹) und ihrer Stellung ›die große Rochade‹, kleiner Diebstahl nennt er wegen einer alten Geschichte (in der Ihre Tante übrigens die Hauptrolle spielte) ›das Damenopfer‹. Rák heißt bei ihm ›der Fluß ohne Wiederkehr‹ (denn das im Urteil verborgene ›andere Urteil‹, heißt es, ›verschlinge‹ die Untat, während das Urteil selbst sie nur rächt). – Weil Lumiere gegen Stitz die einzige Schachpartie seines Lebens verlor, als dieser das aussichtslos scheinende Spiel nach einem Springeropfer doch noch für sich entschied, nennt er ihn ›das trojanische Pferd‹.«

Der Betrunkene machte eine Pause, nahm einen großen Schluck aus seinem Bierglas, wischte mit der Hand über sein Gesicht und fuhr fort:

»Das ist aber noch nicht alles. – Bei all diesen Namen handelt es sich nämlich um traditionelle Bezeichnungen, die von Generation zu Generation überliefert werden. So hat sich zum Beispiel eine alte Überlieferung erhalten, nach der der erste Göd mit ›Zupan‹, das ist kroatisch und bedeutet ›oberster Richter‹, oder ›Ispan‹, was auf Ungarisch dasselbe bedeutet, angeredet wird. – Gewisse Namen kommen von Zeit zu Zeit aus der Mode (mein Großvater, einer der letzten Eingeweihten, der noch alle Genealogien auswendig wußte, wurde mit ›Schatten am Fenster‹ angeredet, ein sehr schöner Name, den im Augenblick niemand trägt), aber warten Sie ab, nach ein, zwei Generationen erinnert sich plötzlich einer von uns an einen scheinbar längst vergessenen Namen und führt ihn wieder ein. Dann fangen auch die anderen an, sich zu erinnern, und plötzlich tauchen wieder all die alten Namen auf, an die niemand mehr gedacht hat, die aber niemals ganz vergessen werden. Natürlich kommt es da auch vor, daß dann oder wann der eine oder andere, nur um sich wichtig oder lustig zu machen, behauptet, er erinnere sich genau an einen Großonkel seiner Mutter, der den Namen ›der Giebelaltar‹ getragen habe, eine Verballhornung des Städtenamens Gibraltar, das von den spanischen Arabern eigentlich ›Deschebel-Taher‹ genannt wurde. Und da sich niemand bereit findet, die Unrichtigkeit dieser Behauptung nachzuweisen, sondern da alle bereit sind, alles zu glauben, bürgern sich im Lauf der Zeit viele falsche Namen ein, die in Wirklichkeit keinerlei Tradition haben, obwohl sich auch das nicht mit Sicherheit behaupten läßt, da das Erinnerungsvermögen jedes einzelnen von uns praktisch ohne Grenzen ist und sein Licht oft auch in die dunkelsten Stuben fällt.«

Der Betrunkene hielt inne und fuhr, nachdem er sich eine Zigarette angezündet hatte, fort:

»Wie auch immer, – in der Regel sind die Namen, die jeder von uns erhält, original, und es gibt in dieser Gegend heute noch ein Spiel, dessen Sinn es ist, alle Namen einer Gemeinde von Bieresch so zu kombinieren, daß durch ihre Aneinanderreihung eine einzige, geschlossene, folgerichtige Geschichte entsteht. Gelingt dieses Spiel, so verspricht eine alte Prophezeiung, würden wir erlöst, aufgelöst, und ein jeder könnte (das wäre die Erlösung!) seinen Weg gehen. – Dazu wird es freilich nie kommen!«

Indem er, wie um nicht geblendet zu werden, die Hand schützend über die Augen legte, blickte mich der Betrunkene zum ersten Mal an. Jetzt sah ich, daß er ganz helle, wasserblaue Augen hatte und eine lange, schön gebogene Nase, von deren Flügeln sich zwei scharfe, tief eingegrabene Bögen bis über die Winkel des wie durch eine Unachtsamkeit zu klein geratenen Mundes hinunterzogen. Dafür waren seine Ohren unverhältnismäßig groß und standen wie Flügel von seinem Hinterkopf ab.

»In Zeiten der Erholung von Dürreperioden oder Überschwemmungskatastrophen kommt es oft vor, daß alle Namen – scheinbar wie durch Fügung – zusammenzupassen versprechen, und jeder neu hinzukommende Name ist wie das Stück eines Zusammensetzspiels, nach dem man lange gesucht zu haben meint. Setzt man es dann aber wirklich zusammen, so stimmt es zwar im großen wunderbar, aber am Ende bleiben dann doch zwei oder drei Teile übrig, mit denen man ganz und gar nichts anzufangen weiß. Wäre es ein Spiel –«, der Betrunkene machte schweigend eine obszöne Handbewegung, indem er seinen Daumen zwischen Zeige- und Mittelfinger nahm, »man würde sie ungesehen in der Hose verschwinden lassen! – Aber es ist kein Spiel! Und keiner, der einmal damit begonnen hat, steht jetzt vom Spieltisch auf und geht ins Wirtshaus. Im Gegenteil: Ist die Hoffnungslosigkeit am größten, drückt man sich noch tiefer in seinen Stuhl.«

»Nach Ansicht verschiedener Gelehrter, und ich leugne nicht, daß ich mich nach all meinen Erfahrungen sehr stark zu ihr hingezogen fühle«, sagte der Betrunkene, indem er sich in seinen Stuhl zurücklehnte, die Hände von sich weggestreckt verschränkte und zur Decke schaute, »ist es gänzlich ausgeschlossen, daß ein einzelner die Lösung zu dieser Aufgabe findet, auch wenn es eine Lösung gibt – immer und zu jeder Zeit, darin sind wir uns alle einig! – Nach dieser Auslegung wird die Lösung an den langen Winterabenden im Kreis der Familie, beim Korbflechten, Messerschleifen oder Buttern gefunden. Man sitzt zusammen, einer fängt an, der zweite fährt fort, man setzt zusammen, fügt einen Teil an den andern, und plötzlich weiß man, wissen es alle: Es ist vollbracht.

Man erhebt sich, streckt sich, geht aufeinander zu, beglückwünscht sich, umarmt sich und setzt sich wieder hin, um sich an die Aufzeichnung zu machen, denn auch sie gehört zum Spiel. Aber es gelingt nicht. Man glaubt es nicht, probiert es noch einmal, fängt ganz von vorne an. Umsonst. Es ist vorbei. – ›Angesichts des Nichts, sag: Es war nichts‹, heißt eines unserer alten Sprichworte, und so ist es auch. – Man gibt auf, redet von etwas anderem, aber man schaut einander nicht mehr in die Augen. Man weiß, man hat das Kainszeichen auf der Stirn, sichtbar selbst für den Blinden. – Nur ein Unbelehrbarer, man nennt ihn ›Anochi‹, und das bedeutet ›ich‹, widmet von da an sein Leben gänzlich der Rekonstruktion der Geschichte. Aber auch ihm gelingt sie nicht, und seine Forschungen sind wie ungeschickte Hände, die in das Knäuel, das sie entwirren sollen, unentwirrbare Knoten knüpfen.«

Kreisel, der dich dreht

»Es gibt aus der vierten Generation eine Aufzeichnung«, sagte der Betrunkene und nahm einen Bierdeckel auf, mit dem er, wie im Takt zu einer für mich nicht hörbaren Musik, auf die Tischplatte schlug, »es ist die Geschichte des Anochi Gikatilla. Ich möchte sie Ihnen erzählen. Sie ist kurz und trägt den Titel: ›Kreisel, der dich dreht‹. – ›Der Anochi Gikatilla‹, so heißt es in der Legende, *›trieb sich immer dort herum, wo Kinder spielten. Und sah er einen Jungen, der einen Kreisel hatte, so lauerte er schon. Kaum war der Kreisel in Dre-*

hung, verfolgte ihn der Anochi, um ihn zu fangen. Daß die Kinder lärmten und ihn von ihrem Spielzeug abzuhalten suchten, kümmerte ihn nicht, hatte er den Kreisel, solange er sich noch drehte, gefangen, war er glücklich, aber nur einen Augenblick, dann warf er ihn zu Boden und ging fort. Er glaubte nämlich, die Erkenntnis jeder Kleinigkeit, also zum Beispiel eines sich drehenden Kreisels, genüge zur Erkenntnis des Allgemeinen. Darum beschäftigte er sich nicht mit den großen Problemen, das schien ihm unökonomisch. War die kleinste Kleinigkeit wirklich erkannt, dann war alles erkannt, deshalb beschäftigte er sich nur mit dem sich drehenden Kreisel. Und immer wenn die Vorbereitungen zum Drehen des Kreisels gemacht wurden, hatte er Hoffnung, nun werde es gelingen, und drehte sich der Kreisel, wurde ihm im atemlosen Laufen nach ihm die Hoffnung zur Gewißtheit, hielt er aber dann das dumme Holzstück in der Hand, wurde ihm übel, und das Geschrei der Kinder, das er bisher nicht gehört hatte, jagte ihn fort, er taumelte wie ein Kreisel unter einer ungeschickten Peitsche.‹ – Das ist die Geschichte«, sagte der Betrunkene, »es ist die Wahrheit.«

Er unterbrach seine Rede, um aufzustehen und sich von einer der Kisten eine weitere Flasche Bier zu holen. Dann setzte er sich, indem er seinen Hut zurückschob, wieder an den Tisch und fuhr fort:

»Die Legende stammt aus dem vierzehnten Jahrhundert, und es heißt, die Überlieferung habe den Bericht nicht verändert. Manche behaupten sogar überzeugend, daß es sich bei ihr um ein authentisches Zeugnis handle, also um eine jener Kombinationen, denen es gelungen sei, die vollständige, unveränderte, unverfälschte Geschichte der Bieresch-Gemeinde, abgefaßt ausschließlich mit den Namen der Mitglieder der Gemeinde zu einem bestimmten Zeitpunkt, festzuhalten. Nach Ansicht anderer – besagter Histrionen, die die Vorstellung haben, *daß jeder Mensch aus zwei Menschen besteht und daß der eigentliche der andere ist, der im Himmel wohnt* (und ihrer Ansicht nach steht nur diesem das Recht zu, einen Namen zu tragen) – ist der Bericht nicht authentisch, da der Anochi Gikatilla namentlich genannt sei. Tatsächlich muß dieser Umstand jeden Kenner der Bücher aufhorchen lassen. – Ich persönlich halte ihn allerdings nicht für so schwerwiegend, da sich dieser Anochi für alle Zeiten unsterblichen Ruhm erworben hat und die Namensnennung als einzigartige Würdigung dieser überragenden Persönlichkeit angesehen werden darf.«

»Wie auch immer, – die Tatsache ist, daß man sich zur Zeit der Abfassung der Legende vom Kreisel über die Authentizität des Zeugnisses nicht im klaren war. Es ist damit relativ und hat keinerlei Lösungswert. Dennoch hat es in den Studien aller späteren Generationen eine unvergleichliche Bedeutung als Erkenntnisquelle für jeden Anochi gewonnen, und das, wie Sie sofort begreifen werden, in mehrfacher Hinsicht. – Einerseits nämlich dient die Legende zur ausdrücklichen Warnung des Anochi davor, sich in den Forschungen zu verlieren (wird doch hier einer unserer unbestechlichsten Denker zum Gespött selbst von Kindern), andererseits muntert sie ihn auf, unermüdlich weiterzuforschen, denn, sicherlich zu Recht, sehen viele gerade in dem scheinbar alle Hoffnungen vernichtenden Satz: ›Er taumelte wie ein Kreisel unter einer ungeschickt geschlagenen Peitsche‹ den bildhaften Ausdruck für beginnende Erkenntnis. Zum dritten warnt die Legende mit ihrem Inhalt gleichsam vor ihrer Lektüre (ihr Erzählfluß bewegt sich dahin wie ein ungeschickt geschlagener Kreisel), eine Warnung freilich, die man erst versteht, wenn man sie in den Wind geschlagen hat, und schließlich sehen in ihr alle, ohne Ausnahme, den ersten, entscheidenden Schritt auf dem Weg zur Erkenntnis, denn sie besagt, daß man ihn sich verstellt, indem man erkennt, weil die Früchte des Baumes der Erkenntnis ungenießbar sind, wogegen der Schatten, den er verbreitet, die Verheißungen der Früchte einlöst, wenn man sich in ihm ausstreckt.«

Nach diesen Worten erhob sich der Betrunkene mit einer Entschuldigung und entfernte sich für einen Augenblick. Ich benützt diese Unterbrechung und trat an das halb geöffnete Fenster in meinem Rücken. Hinter mir plärrte der Plattenspieler lauter in die plötzlich eintretende Stille. Die drei Burschen am Nebentisch hielten in ihrem Gespräch inne, um mir nachzuschauen, und auch die Göds mit ihren Familien schienen ihre Unterhaltung für einen Augenblick unterbrochen zu haben. Sie griffen nachdenklich nach ihren Bierdeckeln oder spielten mit den Sockeln ihrer Weingläser. Die Frau des vierten Göds, eine große, knochige Person mit dunkler Haut und einem in die Breite gezogenen Gesicht, erzeugte einen hohen, langgezogenen, traurigen Ton, indem sie mit ihrem Zeigefinger am oberen Glasrand entlangfuhr. Ich starrte hinaus in das Dunkel der Ortschaft und holte tief Luft, weil ich vom Alkoholdunst, vom

Rauch und von den Erzählungen des Betrunkenen ganz benommen war.

Der Betrunkene kam schwankend an den Tisch zurück, eine neue Flasche Bier, die er wie zum Gruß hochhob und zwischen den Fingern pendeln ließ, in der Hand. Er bemerkte, daß ich ihn beobachtete, und zwinkerte mir zu. Wir setzten uns wieder, und indem er sich umständlich eine neue Zigarette anzündete, setzte er seine Erzählung fort:

»Nach seinem Ausscheiden wird der erste Göd zwischen neun verschiedenen Namen zu wählen haben. Vier davon wurden ihm in absteigender Linie zugeteilt, die anderen fünf hat er in aufsteigender Linie erhalten, denn wenn man sich auch vorher auf einen gemeinsamen Namen geeinigt hat, so bleiben doch die, deren Namensvorschläge von den anderen Göds nicht angenommen wurden, insgeheim immer bei ihren Bezeichnungen. Eine Starrhalsigkeit unserer Rasse!« fügte Zerdahel an. »Die Namen des ersten Göds lauten: ›Fisch-der-nicht-schwimmen-kann‹, ›scharf-und-flink‹ (so haben wir übrigen ihn gerufen), ›heimkehrendes Wasser‹, ›tritt zurück‹, ›die kleine Leuchte‹ (so nennen die Bieresch den Mond), ›Gefunden-und-nicht-verloren‹, ›die ausgleichende Ungerechtigkeit‹, ›kopfüber‹ und ›kaum angefangen‹. – Manche dieser Namen mögen Ihnen umständlich erscheinen, sie sind es aber nicht, denn es handelt sich bei ihnen fast durchwegs um Übersetzungen aus dem Argot, wo sie nicht mehr als drei oder höchstens vier Silben haben. – Sie werden deshalb den ersten Göd (er ist nur noch kurze Zeit Göd, dann ist sein Jahr um) später gelegentlich vielleicht den ›Schakal‹ nennen hören. Damit hat es folgende Bewandtnis: Der Name, auf den man sich nach dem ersten Hausbesuch des Göds geeinigt hatte, lautete ›chad kal‹, seine Übersetzung ›scharf und flink‹. Durch Verballhornung ist aus ›chad kal‹ der ›Schakal‹ entstanden, und es ist damit geschehen, was mir und meinem Namen widerfuhr. Man kennt zwar noch das ursprüngliche Wort, aber – sei es aus Ungeduld oder aus Unverständnis für die Tradition – es wird nicht allein seiner Bedeutung entsprechend ins Deutsche übertragen, man deutscht es zu allem Überfluß auch noch seinem Klang nach ein: ›Zerdahel‹ ist offensichtlich unaussprechbar geworden, man hat, wie weiß keiner, ›Stöttera‹ (wie ›Gibraltar‹ ein Ortsname) daraus gemacht, das Wort hält sich für ein, zwei Generationen, aber schon heute würde es mancher widerspruchslos hinnehmen, wenn einer meiner Neffen plötzlich behauptete, der Bruder seiner Stiefmutter habe tatsächlich ›der Stotterer‹ geheißen.«

Die Unschärfe der Worte

»Wir kennen diesen Vorgang aus den alten Berichten. Es kommt einem vor, als hätte er nur den Zweck, den Sinn eines Wortes – bildlich gesprochen – aus dessen Behältnis auszuleeren, das Gefäß umzumodeln, um einen neuen Sinn hineinzugießen. Die Bieresch nennen das ›neuen Wein in alte Schläuche füllen‹ und lachen darüber, obwohl in den Schriften gerade davor ausdrücklich gewarnt wird. Freilich hilft dabei auch unsere unglückliche Sprache mit, weil sie keine reinen Bedeutungen kennt, sondern nur Bilder und damit zur Deutung verleitet. – Darüber hinaus«, sagte der Betrunkene und wischte mit seinem Rockärmel die Asche weg, die von seiner Zigarette auf den Tisch gefallen war, »das viele Festland hier! Es ist eine Krankheit. Man hält in all dieser Tageshitze und Nachtkälte die Sinnlosigkeit nicht aus – ein Geduldspiel, in dem *wir* uns noch von klein auf geübt haben. – Die Buchstaben sind Zeichen, und jedes Zeichen trägt seinen alten Sinn in sich. *Manchmal,* heißt es, *schließt sich der Tropfen schon um ein zwei Laute, die Wörter mit sich führen – genaue erregende Gebärde, die Lippen und Zunge miterleben während der Artikulation, ein Skelett im Treibsand des Vokabelsinnes, das mich plötzlich erinnert.* – Wir verbrachten noch Stunden damit, der Tonfolge, dem Wechsel der Laute und dem Weg der Zunge nachzuhören und sie auf uns wirken zu lassen. *Ein Wort ausschmatzen,* heißt bei uns eine alte Redewendung. – Aber heute: Man glaubt nicht mehr, man hört nicht mehr zu, man hält nichts mehr aus. Man spielt sich auf mit Erfindungen neuer Namen, neuer Bedeutungen – und wir«, dabei fuhr seine Faust krachend auf das Holzbrett nieder, daß es ein Stück in die Höhe sprang und die Gläser hochschnellten, »wir können ganz von vorne anfangen!«

Die falsche Lehre

Ich wußte nicht, was der Betrunkene mit diesen Lügen bezweckte – denn daß es Lügen waren, wußte ich genau –, und wollte aufstehen. Als ich die Hand aber auf die Tischplatte stützte, griff er schnell nach ihr, umfaßte mein Handgelenk und sagte: »Gehen Sie noch nicht!« Langsam verschwand der heimtückische Ausdruck aus seinem Blick. Ich lehnte mich wieder in den harten, unbequemen Stuhl zurück, und der Betrunkene nahm seine Erzählung von neuem auf:

»Es ist Zeit, daß jemand eine falsche Lehre begründet!« sagte er. Er hob sein Bierglas, um mir zuzutrinken, und zwinkerte. – »Es ist verbürgt, daß es zu jeder Zeit die sechs Erleuchteten gibt, deren Licht so stark und gleichmäßig ist, daß man es nicht sieht. Hören Sie, was eine alte Weissagung verheißt:

Ja, ein schlafender Saufbold
auf einer Bank im Park,
und ein Großwildjäger,
tief im Dickicht, im Urwald,

. . . .

und ein chinesischer Zahnarzt,

. . . .

und die englische Königin –
Sie alle wirken zusammen,
sie alle wirken zusammen
in einem großen System. –

Fein, nett und angenehm!
So viele verschiedene Leute
in ein und demselben System!

Die Hymne ist nicht vollständig, wie Sie vielleicht bemerkt haben. Es ist der 53. Calypso (eine Verballhornung des jüdischen Wortes ›Klippoth‹), er wird Bokonon (›Jochanaan!‹) zugeschrieben. ›Klippoth‹, das sind zu deutsch ›die Schalen‹, sie haben, wie es heißt, die Macht über die versprühten und abgesunkenen Seelenfunken der ersten Menschen.«

»Unter den Anochis aller Zeiten hat es unzählige Streitigkeiten um die Unvollständigkeit des Textes gegeben, und es sind ebenso viele erfolglose Versuche unternommen worden, ihn zu vervollständigen. Eine Auffassung, die sich hartnäckig gehalten hat und in Abständen immer wieder aufgegriffen wird, geht dahin, daß es sich bei den zwei fehlenden Gliedern um zwei sogenannte ›falsche Propheten‹ handeln müsse, deren Nennung, um der Wahrheit des Restes willen absichtlich vermieden worden sei. Nach Ansicht der Histrionen (besagter Sekte) dürfe jeder sich selbst und seinen anderen Teil, den, der im Himmel wohnt, in die freigelassenen Textstellen eintragen.«

»Aber auch durch dieses Lager geht eine Spaltung: Die einen meinen, in die erste leere Textstelle müsse man sein irdisches Ich einsetzen und in die zweite sein überirdisches, denn das Niedrige habe dem Hohen vorauszugehen, um es anzukündigen, während die anderen gerade die gegenteilige Meinung vertreten. Sie behaupten, das irdische Ich beziehe seine Existenz aus dem überirdischen, und dieses habe daher unter allen Umständen zuerst genannt zu werden. Sie bezeichnen das irdische Ich als ›Schechina‹, das bedeutet ›die Verkleinerung des Mondes‹, denn ursprünglich, heißt es, habe der Mond die gleiche Leuchtkraft gehabt wie die Sonne, dann aber sei er von Gott verkleinert worden. – Diese zweite Partei, der ich mich irgendwie zugehörig fühle, ist der Meinung, das irdische Ich verschwinde gänzlich im Glanz des überirdischen, es könne daher (es sei denn im Zustand der Opposition, in dem es schattenhaft erratbar sei) überhaupt nicht genannt werden. – Sie werden das besser verstehen, wenn Sie bedenken, daß für die Histrionen das Verhältnis von irdischem und überirdischem Ich dem Verhältnis von Mond und Sonne völlig gleicht. Im Zustand der Opposition, heißt es deshalb, vollführe das himmlische Ich Handlungen, die denen des irdischen völlig entgegengesetzt seien: Während das irdische Ich in vollständiger Enthaltsamkeit lebe, treibe das himmlische Ich ausschweifend Unzucht (oder umgekehrt). Dieser Zustand entspricht der Mondesfinsternis, und die Handlungen des himmlischen Ich heben die des irdischen zur Gänze auf (und umgekehrt). – ›Und umgekehrt‹ ist übrigens ein bei uns sehr gebräuchlicher Name. – In völliger Übereinstimmung hingegen befinden sich irdisches und überirdisches Ich, wenn sich die beiden am nächsten sind (übertragen auf die Gestirne bedeutet dies: im Falle einer ringförmigen Sonnenfinsternis). Dann wiegen auch alle Taten doppelt, denn sie werden doppelt getan, und dennoch ist ihr Gewicht ein Nichts und weniger als nichts, denn scheint dann zwar der Mond fast so hell wie die Sonne, so doch auf der von der Erde abgewendeten Seite, so daß uns hier alles verdunkelt erscheint und die Gassen und Plätze von

Tieren und Menschen leergefegt sind, die in die dunkelsten Winkel flüchten.«

»Sind nun die Leerstellen des Textes durch zwei falsche Propheten zu ergänzen, oder hat man die beiden eigenen Namen hineinzudenken, es bleibt sich alles gleich: Denn setzen Sie Ihre Namen an die leergebliebenen Stellen, so würden Sie sich als falschen Propheten entlarven (*denn der wahre Erleuchtete weiß nichts von seiner Erleuchtung,* heißt es). Zudem verhält sich das irdische Ich zum überirdischen wie der falsche Prophet zum wahrhaft Erleuchteten (oder wie der Mond zur Sonne), und was, außer Lügen, könnte der falsche Prophet über den wahrhaft Erleuchteten aussagen. – Sie können also wählen!« sagte der Betrunkene und fuhr gleich darauf wieder fort:

» ›Greif hinein, da hast du's – aber was?‹ heißt ein altes Sprichwort bei uns. ›Nur selten gibt ein Erleuchteter sich zu erkennen – es ist der Mond!‹ heißt ein anderes. Wir wissen nichts von den Erleuchteten. Wir wissen nicht, wer sie sind und wo sie sind, aber wir wissen: Sie sind, es gibt sie. – ›Licht-das-aus-dem-Schatten-tritt‹ lautet die Übersetzung eines alten Namens, und sie bedeutet: Ein Erleuchteter gibt sich zu erkennen. Aber eine andere Übersetzung dieses Namens lautet: ›totale Sonnenfinsternis‹, und das wiederum bedeutet: Gibt sich ein Erleuchteter zu erkennen, verdeckt er das Licht, und alles, was wir von einem solchen Erleuchteten zu erwarten haben, ist – eine falsche Lehre. ›Tu alles zweimal!‹ ist der Kernsatz aller falschen Lehren. ›Wenn du lügst, lüge ein zweites Mal. Man wird dir glauben‹, heißt ein Satz,

›Wenn du deinen Bruder schlägst, schlage ihn wieder, er wird es dir danken‹, ein anderer. Und in Zeiten wie unserer, in denen es nichts zu erwarten gibt, erlöst uns der Satz: ›Tu alles zweimal!‹ – Wenn ich gerade vorhin meinen Namen gewählt habe, um Ihnen anschaulich zu machen, was bei uns heute vorgeht, so nicht umsonst. Zerdahel ist ein Name, der aus dem Argot stammt, die Übersetzung ›der Stotterer‹ ist nicht übel, wenn man bedenkt, was Zerdahel wirklich bedeutet: ›Tut alles zweimal.‹ Tut alles zweimal.«

Noch eine Legende

Ich hatte vor diesen Reden Angst und wollte weg. Der Betrunkene hielt aber das Ende meines Rockärmels mit beiden Händen fest und zog mich wieder in meinen Stuhl. Dazu zischte er mich in einer Weise an, wie ich es noch nie in meinem Leben gehört hatte. »Der Sohn des Anochi Gikatilla war zeit seines Lebens lahm«, zischte er zwischen den gespitzten Lippen hervor, »und einmal, als er von seinen Besuchern wieder gebeten wurde, eine Geschichte über seinen unsterblichen Vater zu erzählen, sagte er: *Mein Vater sagte immer: Es hat keinen Sinn, Geschichten zu erzählen, wenn sie nichts verändern. Dennoch werde ich euch, wie es mir die Gastfreundschaft gebietet, eine Geschichte erzählen. – Mein Vater war ein sehr gläubiger Mensch, und immer, wenn er sich versenkte, geriet er darüber so in Verzückung, daß er im Gebet, ohne daß er es selbst merkte, tanzte und hüpfte.* Und während der Sohn des großen Anochi das erzählte, geriet er so außer sich, daß er, der Lahme, die

Decken, in die er eingehüllt war, wegwarf, aus seinem Stuhl aufstand und zu tanzen und hüpfen begann. Alle glaubten an ein Wunder, und manche zweifelten an ihrem Verstand. Aber als der Lahme seine Erzählung beendet hatte, stand er da und bat seine Gäste mit freundlichen Gesten, nun zu gehen. – Er hatte seine Sprache verloren. Hören Sie: Weil er nicht fest genug glaubte, hat er seine Sprache verloren!« – Ich riß mich vom Betrunkenen, der bei den letzten Worten meinen Oberarm mit beiden Händen umfaßt hatte und immer wieder fest zusammendrückte, los und sagte, halbtot vor Aufregung: »Lassen Sie mich los, Sie sind ja verrückt!«

Drittes Kapitel

DE SELBY

DIE TANTE HATTE MIR AUFGETRAGEN, DIE SCHEIBtruhe, die wir am Bachrand, oberhalb eines der kleinen, grasüberwachsenen Stege abgestellt hatten, zu nehmen, um am folgenden Morgen bachabwärts, in der Gemischtwarenhandlung, die gleichzeitig als öffentliche Fernsprechstelle diente, die Post abzuholen und auszutragen. – De Selby, der Meßdiener vom Vortag, der in der Bahnhofswirtschaft so herzlich gelacht hatte, stand, als ob er auf mich gewartet hätte, in einiger Entfernung vom Haus und beobachtete mich, als ich heraustrat. Er hatte noch immer den schwarzen, leichten Mantel an, und als ich kopfnickend den mir schon bekannten, aus dem Dorf herausführenden Weg einschlug, trat er freundlich an mich heran, stellte sich vor und bat mich, sich mir anschließen zu dürfen. Ich lud ihn ein, er bedankte sich, und nach Austausch einiger weiterer Höflichkeiten hinsichtlich des Gesprächsanfanges – keiner von uns beiden wollte scheinbar der erste sein, und bald drohte diese Umständlichkeit selbst die harmlosesten Anläufe zu ersticken – setzte er mir, plötzlich entschlossener, seine Theorie des Einwegsystems auseinander, deren Quintessenz in einer Beobachtung bestand, die auch ich häufig gemacht hatte, nämlich der, daß alle Wege letztlich nur in einer Richtung begehbar waren.

Das Einwegsystem

Als ›Hinwege‹ bezeichnete De Selby in der Folge jene Wege, die zwischen den Orten A und B von A nach

B führend angelegt waren (oder umgekehrt). Man erkenne sie daran, daß sie spielend zu gehen seien, selbst beim ersten Mal. Auf einem Hinweg, führte De Selby weiter aus, vergehe die Zeit wie im Fluge, Rück- oder Irrwege hingegen führten durch Gegenden, die rasch wechselten und wie zusammengesetzt erschienen. Auf Hinwegen sei man zu Hause, betonte er. Der Weg, der uns soeben dorfauswärts führte, sei ein Rückweg. Das könne ich schon daran erkennen, daß die uns umgebende Landschaft sich im Vorwärtsgehen von uns entferne, plötzlich aber hinter uns liegen werde, so daß das namenlose Gefühl, unser Orientierungssystem werde in Kürze zusammenbrechen, seine volle Berechtigung habe. – Zur Bekräftigung seiner Theorie berichtete De Selby von zwei Vorfällen, die sich vor langer Zeit in dieser Gegend zugetragen hätten. Im einen Fall habe ein Bieresch, der im Gespräch mit seinem Nachbarn von der Dunkelheit überrascht worden sei, versucht, sein nur durch eine Wiese von seinem Nachbarn getrenntes Haus querfeldein, auf einer Abkürzung zu erreichen. Er sei aber nie zu Hause angekommen, sondern von seiner Frau erst nach stundenlangem Suchen im Dorfgasthaus bewußtlos betrunken aufgefunden worden. Trotz guten Zuredens von allen Seiten sei er nicht dazu zu bewegen gewesen, nach Hause zurückzukehren. – »Der andere Fall ist nicht weniger tragisch«, sagte De Selby. »Es handelt sich auch bei ihm um eine Sage. Ich weiß sie, wegen ihrer Bedeutung für meine Theorie, auswendig. Sie trägt den Titel ›die alltägliche Verwirrung‹ und erhebt schon damit Anspruch auf

Allgemeingültigkeit. Sie lehrt, daß man keine Abkürzungen gehen soll, denn schon das fußbreite Abweichen vom rechten Hinweg kann direkt ins Unglück führen.« – Oft begleiteten kleine, ausgetretene Pfade einen Hinweg, erklärte De Selby, sie liefen irreführenderweise sinnlos lange neben diesen her, man gehe auf ihnen scheinbar leichter und freier. Aber ohne daß das bloße Auge die haarfeinen Abweichungen bemerken könne, führten diese Pfade von den Hinwegen weg, unmittelbar ins Verderben. Gedankenverloren aufblickend, fände man sich plötzlich in einer völlig fremden Umgebung wieder. »Irrwege also«, sagte De Selby. »Ein Wechsel, rasch und rücksichtslos wie ein Zungenschlag, findet statt!« – Nun bereue man auf einmal. Man sehe sich um, horche, bleibe stehen. Alles sei plötzlich wie verrückt: Wegsteigungen erweckten den Eindruck von Neigungen, ein in der Ferne scheinbar breit ausladendes Tal erweise sich im Näherkommen als unpassierbarer Felsspalt. »Gebirge lösen sich in nichts auf. Der Boden gibt unter dem Wanderer nach wie ein morscher Ufersteg«, erklärte De Selby, der Mesner. »Ihm wird schwindlig; er taumelt; er sucht Halt an einem Geländer. – Er hat die ›Seekrankheit auf festem Lande‹, wie wir es nennen.«

Er machte eine Pause. »Rückwege sind Fußangeln«, sagte er dann. »Die Sage erzählt, daß der Wanderer, im Bewußtsein seiner Verwirrung, sofort versucht habe, den Irrweg in der Gegenrichtung zurückzulegen, aber sosehr er suchte, er fand den Pfad nicht. Vor den Augen des Wanderers, erzählt die Sage, habe sich ein Nebelstreif in die Luft aufgehoben und aufgelöst.« Wieder schwieg De Selby bedeutungsvoll.

»Rückwege – und das gebe ich trotz aller Vorbehalte zu«, fuhr er fort, »Rückwege haben dennoch ihre Vorteile. Sie verleiten auch mich immer wieder zu ihrer Benützung. Aber ich gebe der Versuchung nur dann nach, wenn ich mich in Gesellschaft befinde. – Da kann man sich gegenseitig helfen, indem man Geschichten erzählt. Freilich strengt das doppelt an, und man kommt deswegen auf ihnen – im Gegensatz zu den Hinwegen, auf denen man scharf und flink wie in einem Bach dahineilt – nur stolpernd und schwerfällig voran. Dafür verbraucht man auf ihnen praktisch keine Zeit«, rief er. »Man geht sie gleichsam *quer* zum Zeitstrom, nicht *mit* dem Zeitstrom wie einen Hinweg. – Denken Sie bloß an gestern!« sagte er emphatisch und warf dazu beide Arme in die Luft. »Wir, die in der Bahnhofswirtschaft zurückgeblieben waren, beschlossen, die Strecke ins Dorf auf dem Weg über den ›Krug zum grünen Kranz‹ zurückzulegen, weil wir Ihnen noch unbedingt zuvorkommen wollten. – Sie hatten (eine Rücksichtnahme Ihrer Frau Tante, das muß man sagen!) auf Ihrem Weg wahrscheinlich das Gefühl zu fliegen. Wir wagten das Abenteuer des Rückwegs – eigentlich hätten Sie uns singen hören müssen, als wir an Ihnen vorbeizogen«, fügte De Selby ein. »Wir riskierten, und obwohl wir erst eine halbe Stunde nach Ihnen aufbrachen und im ›grünen Kranz‹ noch einmal Station machten, waren wir lange vor Ihnen im Ballsaal. – Da haben wir uns inzwischen an Ihrem Rotwein schadlos gehalten«, sagte er lachend.

»Ich habe Sie vorhin beobachtet, als Sie aus dem Haus traten. Sie haben es vielleicht gemerkt. Sie haben sich umgeschaut, dann haben Sie Ihr Ziel ins Auge gefaßt. – Ich habe gewußt, woran Sie dachten«, rief er.

»So wie Sie das gemacht haben, so entschlossen, so mutig, so macht es nur einer, der sich wirklich in allem auskennt. Zuerst wollte ich eigentlich mit mir selbst eine Wette abschließen, dann ließ ich's aber bleiben, denn es war ganz klar, daß Sie sich für den Rückweg entscheiden würden. Sie taten es freilich nicht bewußt, aber ist nicht gerade der, der die Angst in sich hat, der erste, der sie unbewußt peinlichst vermeidet, die große Gefahr? – Das Ziel vor Augen, die Schlucht dazwischen wird wohl nicht zu breit sein, ein Sprung – und man ist drüben. So ist's richtig!« sagte er und schnalzte laut mit den Fingern. »Ich bin da anders: Ich denke zuerst an meine Bequemlichkeit und Gesundheit. Und ich greife auch nach der Hand, die mir ein Hinweg hinstreckt. Da geh' ich geradeaus, und wenn's noch so weit ist, und ich rede auch geradeheraus. Sie dagegen sind immer fürs Unbequeme. – Wenn Ihnen einer die Hand hinstreckt, dann verschränken Sie Ihre am Rücken und drehen sich weg. Recht haben Sie! Wer weiß denn wirklich, zu wem eine Hand gehört! Besser ein gefährlicher Rückweg, denken Sie, als die verkehrsreiche Hauptstraße. – Bestimmt wird Ihnen auch Inga zusagen. Also: Auf zu Inga!« – De Selby war ganz außer Atem. Durcheinander vom Reden, gestikulierte er noch mit den Armen, als er schon zu sprechen aufgehört hatte, und erschöpft ließ er sich ins Gras fallen, als wir an jener Stelle angekommen waren, wo ich am Vorabend die Scheibtruhe stehengelassen hatte.

Ich fand das Fuhrwerk nicht mehr dort, wo ich es erwartete. – Jemand hatte es um- und die Böschung hinabgestoßen. Es lag, die Truhenvertiefung nach oben, die Beine in die Höhe gereckt, wie abgestochen im Bachbett. Ich stürzte die Böschung hinunter. Die Holzhände waren von den Truhengriffen gebrochen und lagen neben dem Fahrzeug im trockenen, aufgesprungenen Lehm. – Als ob diese Hände etwas mit dem zu tun gehabt hätten, was De Selby gerade gesagt hatte, erschrak ich bei ihrem Anblick über die geringe Meinung, die die Bewohner dieses Landstriches von fremdem Eigentum hatten. Ich ergriff hingestreckte Hände zwar nicht leicht, aber ich hackte sie auch nicht ab. – Klarer als sonst, so war es mir angesichts der vielen kunstvollen Verzierungen noch am Nebensächlichsten erschienen, war man sich hier der Gemeinsamkeit der Anstrengungen aller, die in einem Werkstück zusammenliefen, bewußt, aber nirgendwo war es mir bisher vorgekommen, daß man diese Arbeit mit so viel Gleichgültigkeit und Verachtung behandelte wie hier. Das Werk eines mühevollen und zeitraubenden Spiels war im Handumdrehen zunichte gemacht worden. Ein Kind hatte zerstören dürfen, was von allen gestiftet worden war, und es hatte auf seine Zerstörung noch stolz sein dürfen, denn es war – zum Hohn gegen alles! – nach seiner Tat die steile Uferböschung hinuntergestiegen und hatte in eine Ritze des Truhenbodens, wie einen Gleichenbaum, das seltsame, in Speichen auseinanderstrebende und zu einem Rad verwachsende Ende eines Haselnußzweiges versenkt, ein ›monyorókérek‹, das bedeutet: ›kreisrundes Haselgebüsch‹ oder ›Die Wilde Jagd‹ und wird hier zu bestimmten Anlässen an Stelle einer anderen Trophäe im Hutband getragen.

Während ich das Truhenrad freilegte und das Fahrzeug unter Anstrengungen über die Böschung hinaufschob, spähte De Selby zu mir herunter, die Handflächen, wie zum Sprung bereit, seitlich neben sich im Gras. »Sie machen Ihre Sache gut«, sagte er. »Wenn ich Ihre Tante wäre – und wer weiß, vielleicht bin ich's!« fügte er lachend hinzu, »ich würde Sie gar nicht mehr weglassen.« Er stand auf und schüttelte seine Hose aus, an der ein paar vertrocknete Grashalme hängengeblieben waren. – »Ich habe Ihnen noch gar nicht erklärt, wer Inga ist!«

Inga zählt

» ›Ihr müßt immer alles erklären!‹ würde er jetzt wohl sagen. Erklären, erklären. Inga hat recht: Wir leben nicht, wir erklären das Leben. Und die meisten sind's damit auch schon zufrieden. Inga nicht. Inga heißt der Gemischtwarenhändler, bei dem Ihr Onkel immer die Post abholte. Das tun jetzt Sie. – Ich habe Ihren Onkel gut gekannt. Wir sind so manchen Hinweg miteinander gegangen – und vor allem so manchen Rückweg!« sagte er wieder lachend. – »Rede ich Ihnen zuviel?« fragte er, wohl weil ich kurz aufschaute, während ich mich vergeblich bemühte, das Truhenrad, das aus seiner Halterung gerutscht war, wieder an Ort und Stelle einzuhängen. – Aber wie meine Tante hatte De Selby die Angewohnheit, nicht lange auf eine Antwort zu warten, wenn er eine Frage gestellt hatte. Und dennoch: Hatte der Messner meine Gedanken gehört? Hatte ich denn aufgeschaut, bevor er mir seine Frage gestellt hatte? – » ›Inga pendelt zwischen gestern und morgen – und umgekehrt, daher der Name‹, sagt Zerdahel. Weiß Gott, was er damit sagen will. Er redet immer in Phrasen«, sagte De Selby. – » ›Ihr Histrionen‹, sagt Inga immer, ›Ihr seid wie die Seiltänzer. Ihr müßt immer alles erklären. Ihr spannt Euch mit Worten die Seile, damit Euch die Welt nicht davonfliegt!‹ sagt er. So redet er. – Natürlich erklären wir. Unsere ganze Geschichte ist nichts anderes als eine Folge und Wiederholung von falschen Erklärungen. ›Ein Knoten, der sich knüpft, wenn man ihn löst‹, sagt man. – ›Das ist das Seltsame‹, sagt der Wanderer in der Sage, von der ich Ihnen vorhin erzählt habe. Er bleibt im Gehen plötzlich stehen und sagt: ›Es wundert mich, weil mir scheint, daß sich alles wiederholt und mich dennoch überraschend trifft!‹ – Er ist ein Bieresch. Wir sagen: ›Es trifft mich wie ein Schlag, der einem anderen gegolten hat. Was hat er denn getan?‹ Wir handeln, aber, wie es scheint, ohne den großen Zusammenhang. Und Umgekehrt spannt diesen Bogen, er tut nichts zweimal, ohne es beim zweiten Mal anders zu tun. – ›Die Wiederholung«, sagt er, ›ist entweder eine Dummheit oder ein Kunststück.‹ Für uns, die wir an die Wiederholung glauben, weil wir in ihr die Erlösung suchen, ist das anders. Für einen Bieresch gibt es darum auch keine größere Schmach, als von einem andern gefragt zu werden: ›Wiederholst du dich jetzt?‹ – Natürlich wiederhole ich etwas, und ich will's wieder tun. Aber daß ich da etwas sozusagen in meinem Rücken tue, ohne es selbst zu bemerken, das ist das Schändliche. – Der Fluß der Geschichte, unserer Geschichte, hat unauslöschlich Rinnen, Wannen und Mäander in unser Hirn gegraben. Es sind ausgefahrene Wasserwege, in denen die Boote unserer Gedanken geräuschlos flußabwärts gleiten, wenn Sie ein solches Bild erlauben. Man beladet sein Boot, verstaut und vertäut die Fracht, setzt die Segel – aber immer ist es schließlich ein anderer, der als erster hineinspringt, losmacht und abstößt.« – Er unterbrach sich, sah mich lachend an, wie ich, hilflos über meine Scheibtruhe gebeugt, dastand, und sagte: » Mir scheint, du wiederholst dich jetzt!« – Dann wurde er gleich wieder ernst und setzte fort: »Wir sind bescheiden. Unser Klima läßt eine Bepflanzung im kleinen Rahmen zu. Hier wachsen Salat, Bohnen, Gewürze und ein wenig Wein. Im Süden gibt's sogar Bambus. – Die Winter sind mild, die Sommer allerdings von einer auch für uns dröhnenden Hitze. Da kann es passieren, daß in einer einzigen Nacht die hochschießende Frucht verkohlt. Solche Nächte sind zwar selten, aber es gibt sie. Und man erzählt, daß es vorgekommen sein soll, daß ein Bieresch morgens vor seine Haustür trat und daß allein durch das Gewicht seines Schrittes die ganze Pracht in sich zusammenfiel. ›Dünger fürs nächste Jahr!‹, sagt man bei uns, wenn einmal etwas ganz schiefgeht. – Wir erwarten nichts Großes, wie auch«, sagte De Selby.

Ich hatte das Truhenrad endlich wieder in seiner Halterung angebracht und nahm das Fuhrwerk auf. »Wir wollen nichts Großes«, wiederholte De Selby. »Wir schauen allerdings auch nicht neidvoll und verächtlich aus unserer Höhe herab auf die zurückgebliebene Idylle unserer Vorfahren. – Wir sind unsere eigenen Vorfahren!« sagte er, und als wolle er einen Witz machen fügte er hinzu: »Nur welche, das ist die Frage! – Wir stecken in einer Sackgasse der Zeit. Die Geschichte, die ich Ihnen vorhin erzählte, ist die Geschichte der Bieresch. Der Seitenpfad, den der Wanderer benützt, ist ein Rückweg. Er führt nirgendwohin. Und da stehen wir nun seit Jahrhunderten. – Bildlich gesprochen, stecken wir in der Vorzukunft fest: Unsere Gegenwart – das ist die Vergangenheit unseres Volkes – ›die große Vergangenheit unseres großen Volkes‹, würde Zerdahel ausbessern. Wie auch immer: Das Gefühl, daß ein nicht gutzumachender Fehler gemacht wurde, begleitet uns, während wir auf der Stelle treten. – Wir essen, wir trinken, wir reden miteinander. Wir tun, was jeder tun würde, der gerade einen großen Schrecken hinter sich hat. Welcher Schrecken, und wann ist er uns widerfahren?« sagte De Selby und duckte sich übertrieben. »Vor tausend Jahren? Gestern? Vor einer Minute? – Was habe ich gerade gesagt? Habe ich mich wiederholt?« De Selby sah sich für sein Spiel ängstlich um. Dann fuhr er wieder ruhig fort: »Sicher. Aber inwiefern? – Irgendwann in unserer Entwicklung hat es einen großen Schritt gegeben. Einen Schritt zur Seite? Vom sicheren Hinweg auf einen der unzähligen Irr- und Rückwege, die sich jedem von uns schmeichelnd anbieten? – Geschah alles, als ich geboren wurde? Geschieht es mir jetzt? Suchen wir etwas, das andre in einem anderen Leben verloren haben? – Ein Rückweg ist wie ein Kirchgang, den eine Frau mit ihrem einladenden Körper verstellt. Eine Versuchung, könnte man fälschlich sagen. Schon eher ein falsch gesetztes Satzzeichen, das einen ganzen Sinn zerstört. Ein sinnlos dahingeschmatztes Wort, das die Umstehenden auffahren läßt. – ›Er geht seinen Weg‹, heißt es in der Legende, ›und auf einmal – peng! Es ist ihm, als ob plötzlich ein allgemeines, nicht wieder endendes Furzen anhöbe, unter das sich das Schreien und Jammern von Kindern mischt.‹ – Es ist ekelhaft, – als ob man sich auf einen halb aufgeblasenen Luftballon setzte. Ein leichter, kaum spürbarer Wahnsinnswind, der durch die Schleusen und Kammern unserer Hirne fährt und aus ihnen heraus. ›Die Lüfte küssen sich‹, sagen bei uns die Leute. – *›Irland ist ein schönes Land«,* sagte De Selby plötzlich sinnlos, *» ›aber die Luft ist zu stark dort!‹ «*

»Sei es, wie's sei«, fuhr er schmatzend fort. Dann berührte er leicht meinen Arm und sagte halblaut, warnend: »Inga wird verrückt, wenn man so redet. – ›Nichts ist, wie's ist‹, sagt er und fängt wieder damit an: ›Es gibt keine Wiederholungen!‹ – Das einzige, was sich für ihn wiederhole, sei unsere Dummheit, sagt er. Aber selbst wir seien seit dem letzten Mal dümmer geworden. So redet Inga. Er läßt nichts anderes gelten. Dabei wiederholt sich doch alles. Können Sie Französisch?« fragte er mich. Ich schüttelte den Kopf. »›Tout le nouveau c'est plus du connu‹, sagt man in Frankreich – ›Alles Neue ist mehr vom alten.‹ Limier ist Franzose. Inga ist ungarisch und bedeutet ›das Pendel‹. Er pendelt zwischen gestern und morgen. *Tik-tak, tik-tak, drei und vier* ist, rufen ihm die Kinder nach, wenn er auf der Straße daherpendelt. – Darf ich? Ich bin schon etwas müde!« De Selby teilte mit einer leichten Bewegung seine Mantelschöße und ließ sich wie eine Feder in meine Scheibtruhe sinken. Ich wehrte ab. – Er entschuldigte sich mit einer Verbeugung und gesellte sich wieder an meine Seite. »Scheibtruhenfahren bringt Glück«, sagte er zur Erklärung.

»Inga also glaubt nicht an Wiederholungen. Inga zählt. Er zählt, wenn er ißt, wenn er geht, wenn er spricht. Aber zu zählen heißt doch, sich wiederholen und hoffen, daß sich alles eines Tages wiederholt, oder? – ›Ingas Zunge‹, sagt Zerdahel«, sagte De Selby und wartete auf mich, weil er im Reden seine Schritte beschleunigt hatte und fast schon außer Hörweite war. *»Seine Zunge,* sagt Zerdahel, *warnt ihn vor jeder Zahl. Jede Zahl, ehe sie sich von ihm aussprechen läßt, schaut sich zuerst gleichsam nach allen Seiten um, die Ziffernkombinationen zerbrechen ihm förmlich, er sieht ihr Inneres, sie rascheln wie Blätter in einem Wald!* – ›Aber was zählt Inga denn? werden Sie fragen‹, sagt Zerdahel. – Fragen Sie nicht«, sagte De Selby. Er redete jetzt ganz vertraulich und ernst. Alles war wie verrückt. »Manchmal meint man, er zähle seine Schritte, und man verspottet ihn leicht, indem man sagt: ›Er geht so komisch, weil er sich dauernd verzählt!‹ Aber fragen Sie Zerdahel! Er behauptet: ›Inga zählt *nicht*!‹ – ›Was dann?‹ fragt man. – ›Inga beziffert‹, erhält man zur Antwort. – ›Und das bedeutet?‹ – ›Was es besagt!‹ – Das also. Also ist es der so-und-sovielte Tisch im Leben des Inga Benyúl, der so-und-soviel-tausendste Mensch, der so-und-so-viel-millionste Bissen Brot. Das wäre einfach und schön. Aber es ist nicht so. Denn wenn Inga glaubt, daß keiner ihn hört, dann zählt er frei und laut heraus. Und wenn Sie ihm dabei zuhören, bemerken Sie gleich: Er zählt anders als Sie. Oft zählt er ruckartig, indem er ein paar tausend Zahlen überspringt, manchmal von vorne nach hinten, dann wieder verdoppelt er eine Summe oder multipliziert eine Zahl mit sich selbst. – Vielleicht, sagt man, sind es die Dinge, die er zählt, oder es sind die Namen der Dinge: das, was er sieht, oder das, was er denkt? Oder er numeriert bloß laut, was er im stillen denkt, und addiert es mit dem, was er sagt. Oder er zählt das, was er sieht, *und* das, was er denkt. – Manchmal schließt er die Augen unterm Zählen, und dann zählt er regelmäßig, wie atmend, weiter, Zahl für Zahl. Dann hat man das Gefühl: Jetzt findet er Ruhe!« De Selby blieb stehen und strich ein Blatt, das an seinem Mantel hängengeblieben war, mit der Hand weg. »Es ist, als ob er seine Notdurft verrichtete«, setzte er fort. »Jede neue Zahl, die er ausscheidet, scheint der neue Gedanke zu sein, den er denkt und den er zu zählen hat. Vielleicht betet er? Vielleicht denkt er seine Zahlen so, wie wir Musik machen? Sie entwickeln sich in ihm, steigen in ihm hoch, und wenn er sie erkannt hat, stülpt er eine andere Zahl darüber. – ›Und dann bildet sich also‹, werden Sie jetzt denken«, sagte De Selby, » ›aus der vergangenen Zahl der neue Gedanke, und dieser bekommt eine neue Ziffer, – dann numeriert er also die Zahlen, und die eine Zahl ist Anlaß und Vorwand für die folgende Ziffer, und so weiter?‹ – Denken Sie. – Weit gefehlt! Inga ist anders.«

De Selby machte eine kleine Pause. Er war müde. Es war deutlich zu sehen, daß ihn das viele Reden erschöpfte. Er schwitzte stark. Die Haare hingen ihm in die Stirn, die Koteletten klebten an seinen Wangen. – »Ingas Zahlen sind *seine* Seile zwischen den Gedanken, könnte man mit ihm sagen«, sagte De Selby. Er fuhr sich schwach mit der Hand über das Gesicht, während er ging. Es war, als ob die Worte in ihm fluchten. – »Aber man weiß es ja nicht. Man weiß nur: Er will nicht, daß man weiß, daß er zählt. Und er verbirgt es nicht schlecht. Aber manchmal, da muß es aus ihm heraus. Dann fährt er, während er dir gegenüber am Wirtshaustisch sitzt, plötzlich mit der Hand an den Mund, und unter der Hand zischt dir wütend eine Zahl entgegen. – ›Er zählt mit einer Gier‹, sagt einer meiner Freunde, ›als ob er die Zahlen, die er ausspuckt, am liebsten wieder verschlingen würde!‹ Es klingt unanständig. Es zischt, als ob sich jemand in deinen Rücken schneuzte. Und wirklich versucht Inga, es zu vertuschen, indem er sich gleich darauf laut in sein Taschentuch schneuzt. – Und wie sieht es Zerdahel? *Er sucht etwas, das er in einem anderen Leben verloren hat,* sagt er. Eine Phrase, natürlich. Aber vielleicht hat er recht. Nur – wer glaubt denn schon an ein anderes Leben?« sagte De Selby und sah mich aufmerksam von der Seite an. »Sie etwa? – Das andere Leben, das andere Ufer: Das sind Zerdahels Märchen für Kinder. Wir wiederholen uns, unser Leben verglüht in den Klippoth. ›Ein Jahr nachdem man gestorben ist, ist man spätestens tot‹, sagen die Bieresch. Alles andere bleibt beim alten. Sie und mich«, sagte De Selby, »Zerdahel oder Inga – uns gibt es gar nicht. Wir sind, was die Schriften den ›übelriechenden Ausfluß‹ nennen, die ›faulen Zähne im großen, ewigen Gebiß der Bieresch‹, das sich an der Welt wundgebissen hat. – Es ist die alte Geschichte: Gestern starb mein älterer Bruder Oslip, heute Ihr Onkel. Ich werde in Kürze ›die Tür zum Gebirge‹ heißen, Sie vielleicht ›Redet-nach-innen‹ oder ›die falsche Erklärung‹ oder ›Geht durch zwei Fenster‹. Und solange wir nicht gewußt haben, wer wir sind, waren wir am glücklichsten. Der kurze Traum der Jugend ist verträumt, und das ausladendste Tal ist die Mauer, an der man sich in der Dunkelheit die Stirne wundschlägt. Es gibt keine ›Tür zum Gebirge‹! Ich sollte eher ›Lacht-ohne-Sinn‹ heißen«, sagte er traurig.

Ablaken

De Selby nahm sich wieder zusammen und fuhr mit fester Stimme fort: »Kennen Sie das: Oft, wenn ich irgend etwas sage, irgendeinen Satz, meinen Namen, ein Wort – dann ist es mir, als ob nicht ich spräche. Die Kinder spielen das. Wir nennen es ›ablaken‹.« – Er war wieder traurig geworden, mich aber hatte diese Bemerkung, die er scheinbar arglos und ohne Absicht hingeworfen hatte, wie ein Schlag getroffen: Wir hatten dieses Spiel, von dem ich geglaubt hatte, *ich* hätte es erfunden, als Kinder gespielt. Wir hatten damit das Nachahmen fremder Stimmen gemeint. – Wenn man allein war, sprach man mit der Stimme eines anderen zu sich selbst und antwortete darauf mit wieder einer anderen Stimme. Meine kleine Schwester hatte dieses Spiel von allen, die es durch mich kannten, am besten beherrscht. Sie spielte es oft stundenlang. Wir anderen beobachteten sie dabei aus irgendeinem Versteck, sprangen plötzlich hervor und packten sie. Zwei hielten sie fest, und sie mußte dann so lange vor uns ablaken, bis wir es vor Lust, Angst und noch einmal Lust nicht mehr aushielten, aufsprangen und wie außer uns davonrannten. – »Nicht *ich* spreche«, sagte De Selby, der mit mir einen Augenblick lang stehengeblieben war, »ein anderer *in* mir zieht eine Durchreiche zu meinem Mund auf und sagt, was ich sage. Er nimmt meine Stimme, spricht ein paar Worte und macht die Durchreiche wieder zu. Und bevor ich noch etwas sagen kann, weil ich ausbessern möchte, was da gerade mit meiner Stimme gesagt worden ist, geht ein anderes Fenster, ein anderes ›ablak‹ in mir auf, und eine andere Stimme sagt einen Satz. Und so weiter. Es ist so schmutzig! Als ob ich in mir lauter Fenster hätte, die abwechselnd aufgerissen und zugeschlagen würden, und zwischen jedem Öffnen und Schließen schreit mir einer ein Schimpfwort zu. – Verstehen Sie das?« De Selby schrie beinahe vor Schmerz. »Es ist so viel Dreck in der Welt«, schluchzte er. »Manchmal glaube ich, ich kann nicht mehr.« Er war stehengeblieben, hatte die Arme gehoben und hoffnungslos wieder sinken lassen. Ich schwieg betroffen. Was erwartete er denn von mir?

Wir gingen dann eine Weile schweigend nebeneinander her. Das Gras war hier dicht und struppig wie Barthaar. Nach jedem Schritt richtete es sich gleich wieder auf. Es verbarg eine andere Welt – die Welt der Käfer, Spinnen und Schnecken.

De Selby hatte seine Schuhe ausgezogen und die Hosenbeine ein Stück aufgestrickt. Er ging barfuß neben mir. Seine unbehaarten, weißen Beine glänzten in der Sonne, als hätte er sie mit einer Speckschwarte eingerieben. Er sah aus wie ein alter Mann. Manchmal fuhr er mit seiner rechten Hand, in der er seine Schuhe hielt, zu den Augen und wischte die Tränen ab. So unvermittelt, wie er anfangs zu reden begonnen hatte, hatte er wieder aufgehört. Ich fühlte mich elend. Es war, als hätte er mit seinem letzten Satz die ganze Welt ausgestrichen und als müßte das auch für mich gelten. Durfte man das? War es denn wirklich so schwer? – Er ging jetzt wieder ein Stück vor mir. Ich hörte ihn dann und wann seufzen. Die Seufzer klangen wie falsch gesetzte Satzzeichen – ›als ob ein anderer die Stimme aus ihm nähme und mit ihr seufzte‹. Manchmal spreizte er beim Gehen wie ein Kind die Zehen weit auseinander und strich damit wie durch einen Schopf über das Gras. – Jetzt hätte gern ich ihm eine Geschichte erzählt. Aber was für eine? Eine aus meiner Heimat? Eine Komödie des städtischen Lebens?

Vor Jahren war ich zum erstenmal hier in Zick gewesen. Als Zehnjähriger hatte ich mich in eine dunkelhaarige Zwölfjährige aus dem Dorf verliebt. – Ihr Vater, ein alter, fast schon tauber Mann, hatte den »Krug zum grünen Kranze« gepachtet und in einem damals noch rohen Zubau das Dorfkino untergebracht. Im Hintern* des langgestreckten Bauernhofes hatte er eine Tischlerwerkstatt eingerichtet, und in der Luft lag immer der warme, trockene Geruch von Sägespänen und gelagertem Holz und kitzelte einen in der Nase. Der alte Mann mochte mich gut leiden. Wenn er mit jemandem sprach, verwendete er immer die Mehrzahl. »De Buim gehn net ind Schui«, sagte er zu mir und klopfte mir leicht auf die Schulter. »Und de Dirn wuin net owoschn«, sagte er freundlich zu seiner Tochter. Es war eine weiche, wohltönende Sprache. Es waren Ferien. – An den Vormittagen war ich manchmal mit dem Mädchen im dunklen, leeren Kinosaal auf den harten Holzklappstühlen gesessen. Der Saal war kühl und roch angenehm nach dem Öl, mit dem der dunkle Bretterboden eingelassen war. Durch den Spalt der angelehnten Saaltüre fiel ein Lichtstreifen, der weiß bis zu den weißen Socken meiner Freundin hinleuchtete. Und sie war mit ihrem Fuß in diesen Strahl hineingeglitten, wie um sich zu wärmen. Ich saß ganz still daneben und wartete. – Es war eine feine Geschichte. Sie ließ sich bestimmt gut erzählen.

* So nennen die Bieresch den rückwärtigen Teil ihrer Höfe, in denen, im Anschluß an die Schlafräume oft Erdställe und Vorratskammern untergebracht sind.

Viertes Kapitel

UND UMGEKEHRT

»GEHEN WIR ETWAS ESSEN«, SAGTE DE SELBY, als wolle er unter das alles einen Schlußstrich ziehen. Und, als wäre es nicht ein Widerspruch, sondern eine Erklärung, fügte er hinzu: »Inga wartet sicher schon.« – Ein paar Stufen führten neben dem Eingang zur Gemischtwarenhandlung, einem breitgezogenen Korbbogentor, in ein enges, langgestrecktes Lokal, über dem in verblassender Schrift »Gaststätte London« zu lesen war. In der Mitte der Schenke stand ein ungewöhnlich kleiner Billardtisch, daneben ein hochgewachsener Mann um die fünfundvierzig. Er hatte rotblondes, gewelltes Haar, das er in der Mitte gescheitelt trug. Das Licht, das von oben aus einer altmodischen Ziehlampe mit weißem Emailschirm darauffiel, umgab seinen Kopf mit einer Aura. Zwischen Daumen und Zeigefinger des Mannes schwang lose ein Billardstock hin und her. De Selby wandte sich um und wies mit einer Kopfbewegung auf den Mann. Das also war Inga. – Er hatte ein interessantes Gesicht mit eng beieinanderstehenden Augen, einem derben, breitgezogenen Mund, dessen lang heruntergezogene Oberlippe von einem spanischen Schnurrbart mit aufgezwirbelten Enden geschmückt war. Ein großer Adamsapfel hing wie in einem Sack an seinem langen Hals. Inga war unglaublich dünn, und dieser Eindruck wurde noch von dem niedrigen Billardtisch mit den zu Löwenpranken auslaufenden Badewannenfüßen verstärkt. Seine alte, dunkle Hose mit weit auseinanderstehenden Nadelstreifen war oben mit einem breiten Bund eingefaßt, über den die langen, zu

Schwalbenschwänzen zusammenlaufenden Enden des Gilets schlaff herabhingen. Wenn er sich im Spiel weit nach vorn über den Tisch beugte, streiften diese Spitzen unhörbar über die grüntapezierten Bande des Tisches. Niemand außer uns dreien war in der Schenke, nur den Wirt hörte man hinter den italienischen Schnurgardinen, wahrscheinlich in der Küche, mit Töpfen und Bestecken hantieren. De Selby fragte mich, was ich wollte, und rief dem Wirt laut unsere Bestellung zu.

Als ich hinter ihm hervortrat, ließ Und Umgekehrt seinen Stock ein paarmal hintereinander auf dem Boden aufprallen, wie es Billardspieler tun, wenn ein Stoß besonders gut gelungen ist. De Selby nickte zur Begrüßung, ich grüßte laut, dann setzten wir uns an einen Tisch in einer der Logen, die mit billiger Lederimitation austapeziert waren. An der Wand waren in gleichmäßigen Abständen Lampen mit roten Plastikschirmen angebracht, und ihr Licht ließ die kupfernen Tischplatten unnatürlich, wie Glut in einem künstlichen Kamin aufleuchten. Der durchhängende Draht über der Bar bildete zwei Girlandenbögen, an denen abwechselnd rot angestrichene Glühbirnen und Attrappen von Paprikaschoten hingen. Die Perlen des Vorhangs schlugen leise aneinander, als der Wirt in einem Plüschschlafrock mit einem groben, orangenen Blumenmuster hinter die Bar trat. In einem Tongefäß brachte er die Krautsuppe, die De Selby bestellt hatte. Vor mich auf den Tisch stellte er ein henkelloses Porzellanschälchen mit türkischem Kaffee, daneben ein Glas mit Pfefferonischnaps, den mir De Selby empfohlen hatte. Ich nippte am Glas. Der Schnaps brannte höllisch. Und Umgekehrt setzte inzwischen sein Spiel am Billardtisch fort. Vor jedem Stoß schien er sich Richtung, Stoßstärke und Effet genau zu überlegen. Er neigte den Kopf dabei leicht zur Seite, als ob er sich selbst bei seinem Spiel beobachtete. Den Queue nahm er dazu zwischen die Beine, und mit einem blauen Kreidewürfel, den er aus der Seitentasche seiner Anzugsweste holte, rieb er die Lederkuppe des Stockes ein. Dann setzte er sich mit einer Gesäßhälfte auf den Rand des Tisches, zog den Stock wie einen Geigenbogen hinter seinem Rücken durch und versetzte der weißen Kugel aus dieser unbequemen Stellung einen gut gezielten, leichten Stoß. Die Kugel lief mit einem Drall beinahe parallel zur Bande, touchierte in der Ecke, wechselte die Richtung und kehrte langsam zu den beiden anderen Kugeln zurück. Dann wieder hielt er den Stock beinahe senkrecht zur Spielfläche und führte seinen Stoß so, daß die weiße Kugel, nachdem sie die rote berührt hatte, von selbst zurück zur schwarzen lief und mit einem Klicken, das sanft wie ein Kuß klang, dagegenstieß. Die Stöße schienen äußerst kompliziert, waren sie aber einmal ausgeführt und sah man die Kugeln davonjagen, so hätte man vor Staunen in die Hände klatschen mögen, so klarsichtig war ihre Anlage.

Denkkonsequenz

»Das ist der dreiundneunzigste Stoß dieser Serie«, sagte Und Umgekehrt und rieb die Kuppe seines

Queues wieder mit blauer Kreide ein. Er wandte sich an De Selby und fragte: »Willst du nicht mitspielen?« – »Nein danke, heute nicht«, sagte De Selby und stieß mich unter dem Tisch mit dem Knie, »Er zählt«, flüsterte er. – »Schade«, sagte Und Umgekehrt und setzte zum nächsten Stoß an. Den Oberkörper in einer Verrenkung über dem Tisch und mit einem Seitenblick zu mir, fügte er hinzu: »De Selby ist ein Gefühlsspieler.« Und Umgekehrt traf diesmal schlecht, die rote Kugel hüpfte über die Bande aus der Spielfläche und huschte wie ein kleines Tier unter einen der Kupfertische im hinteren Teil des Lokals. »Eine Folge des Abriebs«, erklärte er, ohne daß ich gleich begriff. Er richtete sich auf und zauberte aus seiner Hosentasche eine neue rote Kugel, die er in seiner Rechten wog und dann zu den anderen auf den Tisch legte. »De Selby ertastet den Weg der Kugeln wie ein Blinder. Rechnen kann er nicht. Drei Kombinationen sind schon das Höchste für ihn«, sagte Und Umgekehrt. Der Name De Selby klang aus seinem Mund, als hätte er ›derselbe‹ gesagt. »Ich komme auf dreißig, eine relativ hohe Zahl, selbst für einen Planspieler, und trotzdem nichts. – Kommen Sie einmal her«, sagte er und winkte mich zu sich. Ich stand auf. Und Umgekehrt wies auf die Kugeln. »Schauen Sie sich an, wie wir hier verteilt sind. Der Stoß ist durchschnittlich komplex, er erfordert neun Kalkulationen, das sind: Stoßrichtung, Stoßstärke, Stärke des Aufpralls, Ablenkung eins und Weg der getroffenen Kugel, Geschwindigkeitsreduktion an den Banden, d. h. Reibungswiderstand, Aufprall und Ablenkung zwei,

Effet-Übertragung und Ausrollweg, nicht gerechnet, wie Sie gerade beobachten konnten, der Abrieb an der Kugeloberfläche, Lufttemperatur und -feuchtigkeitsgehalt, die sich auf die Bespannung und damit auf die Laufgeschwindigkeit der Kugeln auswirken. – Das Einmaleins des Billardspiels, werden Sie sagen. Richtig. Und doch: Die Stellung dieser drei Kugeln«, sagte Und Umgekehrt und schneuzte sich, »läßt für einen durchschnittlichen Spieler etwa fünfundzwanzig Stoßrichtungen zu. Würde er zudem über eine ungewöhnlich starke Stoßkraft verfügen, so würde sich diese Zahl verdoppeln oder verdreifachen, obwohl gewisse Laufpartien, besonders im Auslauf, dekkungsgleich ausfallen müßten.« Und Umgekehrt unterbrach diesen Vortrag und ging an die Bar. Aus einem Glasbehälter schüttete er nach Augenmaß Zukker in eine kleine Schale mit Kaffee, rührte umständlich um und trank die Schale auf einen Schluck aus. »Diesen Stock, übrigens«, sagte er und hob seinen Queue hoch, »habe ich mir eigens aus Paris kommen lassen. Er ist in der Mitte ausgehöhlt, in den Hohlraum wurde ein Stab aus Platin-Iridium versenkt, damit ich witterungsunabhängig bin.« Er warf mir mit einer schnellen Bewegung seinen Stock zu, damit ich ihn mir genauer ansehen konnte. In das dicke untere Ende war reliefartig der Körper einer schwangeren Frau mit riesigen vorquellenden Brüsten geschnitzt. Sie hielt mit beiden Händen den dicken Leib umfaßt. »Mein Beitrag zur Vermehrung der Bieresch«, sagte Und Umgekehrt lachend. Er nahm mir den Stock wieder aus der Hand und deutete damit auf die Kugeln. »Von besagten fünfundzwanzig Möglichkeiten fallen nun für einen guten Spieler von vornherein zwanzig bis zweiundzwanzig weg, weil sie seine Berechnungen für den weiteren Spielverlauf unnötig komplizieren oder aber ungünstige Ausgangspositionen für die nachfolgenden Stöße herstellen würden. Bleiben also drei mögliche Stöße, die eine vorerst nicht absehbare Anzahl von weiteren Stoßoperationen gewährleisten. – Ist aber der ein guter Spieler, der bei jedem Stoß zwischen drei Varianten wählen kann? Kubieren Sie einmal diese Zahl! – Sie stehen schon bei der Berechnung des dritten Stoßes vor nicht weniger als siebenhundertneunundzwanzig Positionen. Da wird's dann unübersichtlich. Fragen Sie De Selby!« – Und Umgekehrt sprach den Namen so aus, als hätte er ›denselben‹ gesagt. Dieser saß mit zurückgelehntem Kopf und geschlossenen Augen da, als ob er schliefe. »Es bleibt also tatsächlich nichts anderes übrig«, sagte Und Umgekehrt und ließ mit der rechten Hand die weiße Kugel losschnellen, daß sie einmal um den Tisch lief, bevor sie sacht zuerst an die rote, dann an die weiße Kugel mit dem schwarzen Punkt, der wie ein Schmutzfleck aussah, anstieß. »Schon beim ersten Stoß heißt es, die Möglichkeiten auf ihr Minimum zu reduzieren. Das Minimum ist eins. Drei in eins knüpfen, das ist, wie der Jude sagt, pilpul, das ist schwer und leicht zugleich.« Ich warf verstohlen einen Seitenblick zu De Selby, dessen Kopf nun seitlich an der Kunststoffpolsterung herabgeglitten war. »Für einen solchen Gewaltakt, und es ist ein Gewaltakt, denn dahinter steht letztlich nichts als die Hypothese

– meine Gewißheit, daß es mit entsprechenden Kenntnissen von Geometrie und Dynamik möglich sein müßte, daß es tatsächlich möglich sein müßte, jeden Stoß so zu führen, daß die Kugeln genau an der Stelle wieder ausrollen, von der ich sie ausgeschickt habe –, für einen solchen physikalisch-mathematischen Gewaltakt nun«, und jetzt zischte mir wirklich – es klang, als ob er Zwiebeln in siedendes Fett würfe, gleichsam unter dem Satz hervor, eine Zahl entgegen. Einhundertvierundachtzigtausendundeinundvierzig! Dann fuhr er gleich wieder fort: »braucht man zuallererst einen kühlen, berechnenden Kopf, dann Denkkonsequenz und schließlich ein in die Zukunft sich entwirrendes Erinnerungsvermögen. – Der Gefühlsspieler«, betonte Und Umgekehrt und schneuzte sich, ganz wie De Selby es vorausgesagt hatte, »hat nichts von alledem. Er organisiert seine Gedanken nicht, sondern verläßt sich auf die Kraft seiner Eingebung. Er hofft, daß sein Gehirn sich erinnert und rülpst, sagen wir dazu. Dadurch fehlt es ihm immer an Präzision. Und dennoch geht von diesen Stößen, die alle etwas Ungefähres, Dahergeträumtes haben, ein unglaublicher Zauber aus. – Und wie macht es der Planspieler? – Ich zwinge meinen Verstand in diese Kugeln oder, anders herum, ich zwinge diese Kugeln in meinen Verstand. Ich werde selbst zur Kugel, sobald ich das Feld sehe, das sich majestätisch vor mir ausbreitet, bis hin zum Horizont. Hier also muß ich drüber, sage ich mir. Ich bin bereit. Stock, stoß zu! Nun laufe ich, erst langsam, dann schneller werdend. Und während ich laufe, entrollt sich das Spielfeld vor mir, Meter für Meter. Es geht wie in Zeitlupe, die Sinne schwinden. Ich kreuze erstmals eine vergangene Bahn – eine Denkspur hat ihren Lauf ins Spielfeld gegraben, die zukünftigen Bahnen entwerfen sich vor mir auf dem Tuch. Ich husche unter ihnen durch wie unter Brücken. Klar liegen die Anlagen des zwölften, zwanzigsten, dreißigsten Stoßes vor meinen Augen. Aber da, auf einmal: ein Krachen – es ist, als ob die Kugeln in zwei Hälften zerbrächen, die Gehirnohnmacht. Stillstand. Vorstellungsvermögen und Erinnerungskraft gehorchen nicht mehr dem Willen. Warum?« – »Weil du dich auf den Rückweg machst!« rief De Selby. Er richtete sich in seiner Stellung halb auf, zog seine Beine zu sich auf die Bank, um sich schließlich mit abgewinkelten Knien darauf niederzulegen. Ich sah ihn an. Hatte er alles mitgehört? Er lag mit offenen Augen da und blickte zur Decke. – »Das ist De Selbys Trost«, sagte Und Umgekehrt, und als ob meine Erwartungen erfüllt werden sollten, klang es wieder so, als hätte er ›desselben‹ gesagt. Ich sah wieder zu ihm hinüber, aber er rührte sich nicht. »Der Trost des Gefühlsspielers ist, daß selbst die schärfsten Berechnungen an diesem Punkt unscharf werden und versagen. Aber warum?« De Selbys Erklärung schien ihm nicht der Rede wert. »Ich gehe doch immer gleich vor«, fuhr er fort. »Ich kontrahiere pro Stoß die drei optimalen Möglichkeiten. Damit stemme ich mich behelfsmäßig gegen die von hinten heranrollende Zahlenflut der Kombinationsmöglichkeiten. Ich wende den Pendeleffekt an: Wie ein Verbinder stürze ich von den äußersten Vorposten der Zahlenreihen zurück zu den aus ihnen gezogenen Wurzeln. Von der zweiten Zahlenreihe zum zweiten Knoten, vor zur dritten Reihe, zurück zum zweiten Knoten, vom siebenten Knoten zur neunundzwanzigsten Reihe. ›Der Hund kehrt zum Erbrochenen zurück‹, sagt man, also kehre ich zurück. Und da passiert es: Ein Rädchen bricht, die Feder springt in die Ruhelage, etwas in meinem Inneren winselt und legt sich nieder. Gehirnohnmacht. Rückweg. – Ist der Abstand zwischen der Zahl meiner Knoten und den tatsächlichen Möglichkeiten zu groß geworden? Bricht das Zahlensystem auseinander? – Ich sehe sein Inneres. Neunundzwanzig ist eine Primzahl, und Primzahlen sind schwierig – vielleicht ist es das?«

Der Abgrund der Fläche

»Gleichviel«, fuhr Und Umgekehrt fort. »Der Versuch, die wuchernde Zahlenentwicklung zu stoppen, bewirkt, daß mein Projektionsvermögen kollabiert. Und da stehe ich dann vor dem grünen Abgrund dieses Tisches, und das Netz der Bahnen der Kugeln auf der Fläche, das gerade noch übersichtlich war wie ein Netz von Schnittmustern, das jeder Schneiderlehrling spielend liest, beginnt sich gleichsam durchhängend aufzulösen. Die Kugeln bewegen sich nun nicht mehr nur auf der Ebene, sie sausen durch die Tiefe meines Vorstellungsraums. Ein Echo läuft ihnen nach, ein Pfeifton dringt aus meinem rechten Ohr, ich stehe am Schnittpunkt der Dimensionen. Ein Rückkoppelungseffekt also. *An dieser Stelle muß ich abbre-*

chen und die Augen schließen. Ich schaue auf. Die Kugeln liegen da, als wäre nichts geschehen: tote Augen, mit denen die Grünfläche mir zuzwinkert.« Und Umgekehrt sprach in höchster Erregung. Dazu drehte und preßte er seinen Billardstock zwischen den Händen, als wollte er ihn auswinden. »Könnte mein Gehirn«, sagte er gepreßt, im Tonfall eines Stoßgebetes, »könnte mein Gehirn noch diesen einen Sprung leisten – ich würde die Kugeln für immer aus der Hand legen oder ein neues Spiel erfinden. – Und mein Hirn feilt an einem neuen Stock!« sagte er und machte dazu die gemeine Geste, die ich schon von Zerdahel kannte. »Es brütet an ihm, der alles können wird, was ich brauche. Ist es der Pfeifton in meinem Ohr? – Was wird wohl der Vogel Umgekehrt sagen, wenn er sein Ei sieht?« sagte er dann lachend, und es war, als wäre mit diesen Worten die ganze Spannung aus seinem Kopf in den Boden gefahren. Leichtfüßig schritt er zur Wand und lehnte seinen Queue beinahe zärtlich dagegen. Er schlug den Kreidestaub aus seinen Händen und Kleidern. Er nahm seinen Regenmantel von einem der Garderobehaken und warf ihn sich über die Schulter. »Zu neuen Ufern, Hans!« rief er. Er meinte mich.

Abschied

Ich sah auf meine Uhr. Es war punkt acht. Ein neuer Tag hatte angefangen. Leichter Nieselregen fiel vom Himmel. Und Umgekehrt zog einen großen Schlüsselbund aus seiner Rocktasche und sperrte die Geschäftstüre auf. Ich wartete mit meiner Scheibtruhe draußen, während er mit ein paar geübten Handgriffen Kisten mit Gemüse und Salat, der schon etwas verwelkt war, vor dem Geschäft aufbaute. »Schau dir das an!« rief er und zeigte zum Himmel. »Ein Prachtregen! Das gibt frisches Gemüse. Inga, der Regenmacher!« – Über seinen Anzug zog er einen grünen Arbeitsmantel mit dem Abzeichen einer Einkaufskette. Auf den Kopf setzte er sich eine tellergroße, verstaubte Baskenmütze. »Da, fang!« sagte er zu mir und warf mir eine blaue Kappe, die Dienstkappe der Postbeamten, zu. Es war die Kappe meines Onkels. Das Schweißband war speckig, das Posthorn vorne zerbrochen. Ein Toter hatte darin gewohnt. Ich roch daran und entfernte ein langes, schwarzes Haar. Rochen so die Toten? – Als ich fünfzehn war, war meine Großmutter gestorben, und unter der Aufsicht eines Familienmitgliedes hatte ich ihre Lippen küssen müssen. Wie hatte das geschmeckt? Ich hatte immer geglaubt, daß die Hinterbliebenen von ihren Toten essen müßten. Das Fleisch der Toten: Es roch und schmeckte wie rohes Hühnerfleisch. Einmal hatte ich meinen Urin gekostet. ›Das Gehirn rülpst‹, sagen die Bieresch. Sie haben für alles eine Erklärung. Ich war des toten Mannes blasser Schatten. »Der Onkel ist tot!« hatte meine ältere Schwester gerufen, als sie ins Eßzimmer stürzte. Alle wußten, was gemeint war. Die Mutter wurde blaß und ließ den Löffel voll Suppe auf das Tischtuch sinken. Um die Augen meines Bruders bildeten sich weiße Ringe, die langsam größer wurden, bis schließlich alles Blut aus seinem

Gesicht verschwand. In der Küche jaulte die kleine Schwester vor Schmerz, weil sie sich im Schreck einen Topf voll kochendem Wasser über die Hand geschüttet hatte. Sie rannte herein ins Zimmer. Ich sah ihre Hand, und unter meinen Augen runzelte sich die Rötung zu feiner, grobkörniger Brandhaut. Jetzt schrie ich. Türen wurden geschlagen, die Lade mit den Arzneifläschchen schlug scheppernd auf den Boden. Ich starrte auf den vergessenen Suppenlöffel, der aussah, als sei er an allem schuld. – Dann wurde der Koffer gepackt, und meine Mutter legte säuberlich die gefalteten Kleider hinein, die sie, Stück für Stück, auf ihren Armen hereintrug wie ein totes Kind. »Du wirst nichts davon brauchen«, sagte sie jedesmal, wenn sie etwas in den Koffer legte, so als wollte sie es vernichten. – »Ihm stehlen sie die Zukunft, mir das Leben«, hörte ich sie am Abend vor meiner Abreise hoffnungslos hinter der geschlossenen Türe jammern. Ich lag wach im Bett, von ihren Worten wie von Stromstößen geschlagen. Bei jedem Laut war es mir, als würden mit einer Schere in mir wahllos Blutgefäße, Sehnen, Nerven zerschnitten. Ich erinnerte mich an eine Stelle, die ich einmal in einem Buch gelesen hatte. *Jeder intelligenzbegabte Mann hat die Pflicht,* hatte es dort geheißen, *der Frau den Bauch aufzuschlitzen, um zu sehen, was drin ist, und wenn er ein Kind findet, dann hat sie gemogelt.* Ich stand aufrecht in der Dunkelheit, mein Kopf schlug vor Schmerzen hin und her. Ich suchte eine Kerze, von der ich etwas Wachs zupfte, um es mir in die Ohren zu stecken. Ich ging zurück ins Bett, ich machte mich klein, rollte mich zusammen, verkroch mich, lag da wie im offenen Mutterleib. – Auf der Fahrt im Autobus nach Wien, wo ich in den Zug umstieg, erbrach ich mich in den Schoß meiner Mutter. Es war eine weißliche Suppe, die Suppe vom Vortag. Der Löffel war schuld. Die Mutter saß da, merkte nichts, sondern legte nur geistesabwesend einen Arm um meine Schulter. Die Leute im Bus empörten sich, wir mußten aussteigen und hielten auf der Straße ein vorbeifahrendes Auto auf. Als wir in Wien ankamen, wollte sie nicht aussteigen. »Sie können mir meinen Buben nicht nehmen«, weinte sie immer wieder. Der Fahrer wickelte sie in eine Decke ein, brachte mich zum Bahnsteig und setzte mich in den Zug. Er blieb stehen und winkte mir so lange, bis er mich nicht mehr sehen konnte. Dann ging er wohl zur Frau im Wagen zurück, die jetzt sein Eigentum war. – Das war gestern.

Eine Legende

– Und was hält der Bieresch von der Erinnerung?
– ›Das Gehirn rülpst‹, heißt es in der Legende.
» ›Eines Tages, so wird mir berichtet‹, erzählt der Anochi «, sagt die Legende, *» ›sei ein Anochi Yglemech zu Anochi Tam (eine Verkürzung des Namens ›Strem‹, welcher bedeutet: ›Wasser, das fließt‹) gekommen und habe diesen gefragt: ›Tam, sage mir, welcher Tag ist heute?‹ – Tam habe, der Wahrheit entsprechend, geantwortet: ›Warum frägst du, Yglemech, du weißt, es ist Dienstag‹, – ›Das dachte ich auch‹, habe Yglemech erwidert, ›doch plötzlich ist mir aufgegangen – Sieh den Himmel, Tam, sieh deine*

Stirn, die Wangen, die Hände – mir ist aufgegangen: Heute ist Montag.‹ – ›Au‹, habe Tam geschrien, ›man soll nicht fluchen. Willst du dich nicht erst setzen, Yglemech, Bruder?‹ – Dieser habe beharrt und das Angebot ausgeschlagen: ›Heute ist Dienstag, heute ist Montag. Es ist zu zweit eines!‹ Erst dann, so habe er erklärt, dürfe er wieder sitzen, wenn der Boden unter ihm zu brennen aufhöre. – ›Siehst du das Feuer, Tam, emeth (das ist: ›die Wahrheit‹)?‹ Und er habe zur Offenbarung eine Handvoll Sand aufgehoben. Diese sei tatsächlich sofort in Flammen aufgegangen. – Am nächsten Tag, so wird mir erzählt‹, sagt der Anochi, ›sei Yglemech wiedergekommen und habe gesagt: ›Es ist ein Verhängnis, Tam, ich werde den nächsten Samstag nicht feiern. Sieh die Luft, hör das Summen der Sonne. Die Zeitmaschine ist auseinandergebrochen. Auch heute ist Montag!‹ Zum Beweis dafür, daß er nicht bleiben könne, habe er eine Handvoll Wasser aus dem Brunnen geschöpft. Dieses habe sich sofort in Blut verwandelt und sei auf seiner Hand zur Kruste geworden. – Ähnliches habe sich am Freitag zugetragen. ›Die Uhren stehen, Tam!‹ habe Yglemech zur Begrüßung ausgerufen. ›Glaube mir, es ist Montag. – Im Traum habe ich erfahren, daß wir verlorene Ausgestoßene sind. Es gibt Risse in unserer Luft, durch die man aus der Zeit fallen kann. Es gibt Dinge, die es nicht geben darf. Wir sind die Söhne Ischaks (das ist: ›Isaaks‹), des Spötters!‹ – Im Traum sei ihm, habe Yglemech erzählt, der Anochi Gikatilla erschienen und habe zu ihm gesagt: ›Der Winkel der Erde, in dem du lebst, ist verflucht. Er ist stumpf, aber die Flüche des spitzen Winkels liegen auf ihm. Denn der Kreis, den du ziehst, ist rund, sein Bogen aber ist eine Gerade!‹ – ›Meine Augen‹, habe Yglemech gerufen,

›kehren zum Erbrochenen zurück wie die Hunde. Wir sind die Kreisel, die sich im Drehen aufziehen. Zögen wir Kerzen, die Sonne schiene den ganzen Tag. Webten wir Leichentücher, es würde keiner mehr sterben. Die Unruhe ist auseinandergebrochen, die Zeiger zeigen nicht die Zeit, sondern den Ort. Hier ist Montag. Ein Krachen geht durch seine Ewigkeit.‹ – Daraufhin«, so erzählt die Legende, »habe Tam schließlich zum Äußersten gegriffen und habe gerufen: ›Versuche nicht vorwärts zu gehen, geh rückwärts, Yglemech, meth (das ist: ›er ist tot‹)!‹ – Und er sei tatsächlich in seinen vorigen Zustand (als leblose Erde) zurückgekehrt.« – »Das Gehirn rülpst«, sagt die Legende, »und Erinnerungen brechen sich ihre Bahn. Was war, ist, was ist, wird sein. Ach, wir Armen!«

Drittes, längeres Gespräch

»Die kleine Unschärferelation«, rief Und Umgekehrt zu mir herüber in die kleine Kammer neben dem Verkaufsraum, wo ich, an einer niedrigen Werkbank sitzend, die an diesem Tag eingelaufene Post sortierte. Es waren ausschließlich Drucksorten und Flugblätter mit der Aufschrift ›An einen Haushalt‹. – »Sie nennen es ›die kleine Unschärferelation‹ «, sagte Und Umgekehrt, »und meinen damit das Übergehen eines Ich-Zustandes in einen andern. Zum Beweis dafür führen sie unsere Schriften an, in denen es heißt: *Indem ich von mir wegsehe, rücke ich mir selbst näher.* De Selby hat solche Sensationen und vergleicht sie mit dem Wechsel von Aggregatzuständen. ›Etwas in dir wird flüssig, wenn du dich ansiehst‹, sagt er, und: ›Schau von dir weg, und schon bist du fest.‹ Ich empfinde das nicht so stark, das heißt: in mir wechselt nichts über. Ich bin und ich bleibe Inga. ›Es ist‹, beschreibt es De Selby, ›wie wenn man die Hand im Widerschein eines Feuers betrachtet: Eine Hornhaut wächst darüber zusammen wie das Dach eines Dschungels. Vögel beginnen darunter zu pfeifen!‹ Ich kann mit solchen Bildern kaum etwas anfangen. Sie tragen nichts bei, sie verwirren alles nur noch mehr. – Denn wie soll dieses Gesellschaftssystem überhaupt funktionieren, wenn sich jeder im stillen doch anders nennt als die anderen? Wie stellt sich Zerdahel das vor? – Er nennt mich ›Und Umgekehrt‹, gut, aber im Innersten bleibe ich Inga. Ich pendle zwischen gestern und morgen – und umgekehrt«, sagte er und lachte. Nichts war ihm heilig, auch nicht der eigene Name. » ›Laß uns diese einzige, kleine Unfreiheit‹, sagt Zerdahel«, fuhr Und Umgekehrt fort. » ›Laß uns doch wenigstens in der Nähe dieses kleinen Ofens dumm und glücklich sein!‹ Er glaubt, er kann mich lächerlich machen. Er verhöhnt, was wir zurecht die ›histrionische Lüge‹ nennen. Er hat keine Ehre im Leib. – Dabei akzeptieren wir in den Grundzügen das System der Bieresch, das sich um die Legende von den Namen spinnt, mehr noch – der Grundsatz der Bieresch, welcher lautet: *Eisernen Knochen, enthaltend das edelste Mark, kann man nur beikommen durch ein gemeinsames Beißen aller Zähne aller Hunde,* ist uns heilig. Er ist unser Bekenntnis, das wir den Anochis und Zerdahels aller Zeiten ins Gesicht schreien wollen. Denn schon der Name jener feinen Organisation, die sich Zerdahel da zusammengebastelt hat, verrät genug. – ›Freie Söhne der Bieresch‹, was heißt hier ›frei‹. Kein Bieresch ist frei, und ein Schuft, der mehr gibt, als er hat. Auf den Abkürzungen trifft man immer die Faulen, und Zerdahel geht eine Abkürzung. Mit seiner Behauptung, wir seien unsere eigenen Vorfahren, wir brauchten nicht uns zu erkennen, sondern könnten unsere Namensgebung ruhig den anderen überlassen, entbindet er den einzelnen von seiner Verpflichtung, sich seinen Platz im System zu suchen. *›Er sucht nicht, er wird gefunden‹*, zitiert er, verfälscht er die Schriften. Und aufatmend geht alles diesen apokryphen Irrweg. Denken Sie nur an De Selby, wie der geplagt wird. Das verdanken wir alles Zerdahels Irrlehren! – Wir Monotomoi«, sagte Und Umgekehrt plötzlich pathetisch wie vor einer Versammlung. »Wir Monotomoi bekennen uns zu den zwei großen Grundsätzen der Bieresch, zur Rückkehr der Hunde zum Erbrochenen und zum gemeinsamen Zerbeißen des Knochens. Wie jeder vernünftige Mensch begrüßen wir den Umstand, daß es für uns keinen Fortschritt gibt, daß wir den Kreisel der Geschichte nicht drehen können, ohne selbst von ihr wiedergedreht zu werden, daß sich die Produktionsverhältnisse und die Struktur unserer kleinen Gemeinschaft im Lauf der Jahrhunderte nicht geändert haben, daß alles, was wir tun, uns nicht nur reflektiert, sondern auch reproduziert, so daß das Erscheinungsbild unseres Zusammenlebens in unseren Arbeiten zum deutlichen Schaubild wird, daß wir die Arbeit erzeugen und sie umgekehrt uns und daß sie uns Kinder zeugen wird, die sein werden, wie wir waren.

Weil wir umgeben sind von *Dingen, die uns aus immer gleichen Winkeln anstarren,* wie der Dichter sagt, weil wir in dieser unserer Verewigung in der Arbeit und in diesem Wiederauferstehen unserer Eigenschaften, Beziehungen und Beziehungsvariationen aus ihr die einzige Möglichkeit zur Erkenntnis sehen, begrüßen wir also, was der Schachspieler in jenem berühmten Bild ›das Patt der Bieresch‹ nennt. *Verstand,* lehrt uns die Fabel, *geht dem Blödesten auf!* – Wir sind nicht *das Volk, das durch Schaden dümmer wird,* wie man uns nachsagt. Und es ist die historische Gewißheit der Monotomoi, daß wir, die wir uns seit Jahrhunderten, von Schmerzen zerrissen, im Prokrustesbett der Geschichte wälzen, Erkenntnis des Fehlers als Dank für durchlittene Qualen ernten werden. – Wie anders als Herausforderung und Zuspruch sollten wir sonst wohl jene keinen Widerspruch duldende Apodeixis der Schriften verstehen, die besagt, daß die Augen seien wie die Hunde und sich vom Leben und seinen Abscheulichkeiten in mörderischem Heimweh nicht abwenden können. Aber mit Nachdruck weisen wir die histrionische Lüge zurück, die uns glauben machen will, die uns einschläfern soll, indem sie uns predigt, wir *seien* unsere eigenen Väter: Ich – ›Und Umgekehrt‹, du – ›Geht-durch-zwei-Fenster‹, – Wegelagerer der Geschichte also, die sich besitzgierig auf vorbeikommende Körperhülsen stürzen, um sich ihrer zu bemächtigen. – Ich bin kein Aschkenas wie Zerdahel, *der Gott ins Angesicht tritt* und *das Rad niedersinken läßt vor dem Kreuz!* Ich bin nicht ›Und Umgekehrt‹ – hörst du? Ich bin Inga!«

Ich hatte ihm kaum mehr zugehört. Seine Rednerpose – ich konnte mir ausmalen, wie er da draußen, ein Bein übergeschlagen, auf seinen Mehlsäcken saß und seine donnernden Worte mit Fäusteballen und Stirnrunzeln begleitete – stieß mich ab. Zerdahel haschte nicht so nach dem Effekt, auch wenn seine Reden manchmal verworrener geklungen haben mochten. – Ich wandte mich wieder meiner Arbeit zu. In dem Wust der Postwurfsendungen auf der Werkbank vor mir lag eine Ansichtskarte. Sie war handkoloriert und zeigte zottige Neandertaler, die vor der keltischen Kultstätte von Stonehenge im Süden Englands einen grotesken Tanz aufführten. Der äußere und der innere Steinring, die heute beide zerbrochen sind, waren auf dieser Ansicht noch völlig intakt. Ich drehte die Karte um, neugierig, wer hier wohl von irgendwoher Post bekam. Die Adresse war in unbeholfener Kinderschrift geschrieben und in englischer Sprache. ›An den großen Bären von Zick‹ stand da. Nichts sonst. Auch die Grußbotschaft war englisch: *Replacement part being rushed with all possible speed,* was zu deutsch etwa bedeutete: ›Ersatzteil per Eilpost unterwegs‹. Darunter waren zwei Finger, die sich zu einem V – dem Siegeszeichen? – spreizten, aufgemalt. ›Das Leben ist ein Fädchen, das rennt‹, sagt man hier, ›in immer gleichen Verschlingungen, immer gleichen Entknotungen‹ – wer dachte da noch ans Siegen? Wer war ›großer Bär‹? Der Name klang nach einem Wildwestroman. Wer mochte der Absender sein? – Viktor?

Veronika? Vilma? – Ich bekam Heimweh nach meiner früheren Welt, in der nicht alles so schwer gewesen war. Hier kam mir alles so gewollt künstlich vor. Die Menschen verhielten sich nicht wie Menschen, die ihre ganz persönlichen Wünsche und Begierden hatten. Es war, als wären diese vor Tausenden von Jahren von ihnen abgefallen. Nichts *war* einfach, alles hatte Bedeutung. – Gehörte es denn nicht zum Leben, daß man, manchmal zumindest, bloß da war, daß man lebte und übergangen wurde – als Gebrauchsgegenstand, Naturerscheinung, Satzzeichen? Durfte man nicht einmal atmen, ohne beäugt, verpackt, etikettiert zu werden? Wer war ich: ›großer Bär‹ oder ›Geht-durch-zwei-Fenster‹ oder ›Lacht-ohne-Sinn‹? Würde ich dem allem auf Dauer Widerstand leisten können? Wenn nicht – was für Hilfsmittel würde denn ich entwickeln, um mit den Problemen fertig zu werden? Zahlen? Bälle? Namen? – Alles war ungültig. – ›Ersatzteil per Eilpost unterwegs‹, dieser einfache Satz schien mehr lösen zu können als alle Spekulationen der Bieresch zusammengenommen. – »Ich habe dich etwas gefragt«, hörte ich Und Umgekehrt plötzlich ganz laut neben mir. Ich schrak auf. Er stand in der Tür. »Was machst du denn da? – Du liest fremde Post?« Er nahm mir die Karte aus der Hand. »Ach, an Urs«, sagte er leichthin und steckte sie in die Tasche seines Geschäftsmantels.

»Zerdahel also meint«, sagte Und Umgekehrt und lehnte sich an den Türstock, »daß sich die Gemeinschaft der Bieresch seit ihren Anfängen nicht verändert hat. Als Beweis führt er die große Anzahl von Schriften an, die ein bis in die Kleinigkeiten historisch getreues Bild der Biereschek zeichnen, und diese Berichte sind in der Tat so frisch, als wären sie heute geschrieben. In jedem einzelnen erkennen wir unser Leben wieder, jeder von uns könnte sie verfaßt haben, auch wenn sie tausend Jahre alt sind. Daraus zieht Zerdahel nun den Schluß, daß nicht nur die Arbeitsbedingungen, die Gebräuche und gesellschaftlichen Zustände, sondern auch die Menschen dieselben geblieben seien. Nicht nur die Anlagen und Charaktereigenschaften, sondern auch das Individuum selbst, das eine einmalige, unzweideutige, nicht mißzuverstehende Kombination dieser Eigenschaften darstellt, die sich nie wieder wiederholen wird, sieht er als sich durch die Arbeit reproduzierende Konstante. Unser Gesellschaftssystem, sagt er zurecht, ist in unserer Arbeit gefroren, und nicht nur wir haben uns unseren Produkten einverleibt, es ist ein Zweiweg-Kanal, auch unserer Produkte verleiben sich uns ein. Auch darin stimme ich ihm noch zu, und ich tue es selbst dort noch, wo er behauptet, jedes neue Individuum sei ein Wink, der uns helfen soll, uns auf eine neue, alte Weise zu verstehen, und daß folgerichtig jeder Todesfall eine überflüssig gewordene, unbenutzt gebliebene Information aus dem Spiel ziehe. Und ich glaube auch, daß es in Ordnung ist, daß unsere Kinder zu Hunderten sterben, lange bevor sie sich noch gefunden haben, obwohl das nächste Kreiskrankenhaus nicht mehr als zehn Kilometer entfernt ist. Denn es handelt sich bei unserer Gesellschaft um einen sich selbst regelnden Prozeß – ich sage Prozeß und nicht Kreislauf! –, und jedes Kind zuviel würde eine Informationsredundanz schaffen, die unserer Marterung eine weitere Marter hinzufügte. ›Nur ein totes Kind ist ein gutes Kind!‹ sagt der Zyniker, und darin hat er recht. – Aber ich glaube nicht an die Unausweichlichkeit unseres Schicksals. Würde ich das tun, müßte ich alles aufgeben. Wir haben ja selbst noch die spitzfindigsten Überlegungen im Lauf unsrer Geschichte auf die Spitze getrieben! Wenn auch nur eine einzige Generation von Bieresch sich wiederholt hätte und es ihr nicht gelungen wäre, dieses Rätsel zu lösen, ich würde es für ewig unlösbar halten! – Also sage ich zu Zerdahel: ›Wie kann dein System denn stimmen, wenn mir immer zuerst der Name Inga einfällt, sobald ich an mich selbst denke? Wie käme es denn zu De Selbys Ablakok-Sensationen?‹ – Und was antwortet Zerdahel? Zerdahel sagt: ›Es ist die kleine Unschärferelation! Mit den Namen ist es wie mit dem Relief am Eingang zum Ballsaal: Ist man zu weit entfernt, löst es sich auf, steht man zu nahe, verschluckt es einen. Aber ein Bieresch bist du, denn du siehst es, und das kann nur ein Bieresch!‹ – Ich sage: ›Du und deine Unschärferelation! Angenommen, ich wäre nun tatsächlich Und Umgekehrt, und du bist ja so stolz auf deine handgeschnitzten Beweisstücke

– wem würde es nützen? Wem sollte es gelingen, diese verfluchte Geschichte zu schreiben, wenn erst jeder dasitzt und an einen anderen denkt? Du an ›Und Umgekehrt‹, ich an Inga.‹ – Und Zerdahel sagt: ›Die gefälschten Etymologien sind schuld. Sinnruinen glotzen uns aus der Sprache an. Die kleine Unschärferelation: Du bist Und Umgekehrt, aber wenn du erst einmal über dich nachzudenken anfängst, wirst du unscharf, verschwimmst, wirst verschluckt, wirst Inga.‹ – ›Ich verschwimme nicht‹, sage ich. ›Daß ich unscharf werde, liegt, wenn, dann einzig und allein daran, daß mich alle Und Umgekehrt rufen, ich aber Inga bin. Ich denke sozusagen mit euch, wenn ich über mich nachdenke, wie du das ausdrückst. Die erste Antwort auf mein Nachdenken ist, wie es meiner Natur entspricht, Inga, erst dann werde ich unsicher!‹ – ›Das System ist umkehrbar‹, sagt Zerdahel. ›Denk meinetwegen zuerst an Und Umgekehrt, was glaubst du wohl, was schließlich herauskommt?‹ – Ich sage: ›Inga!‹ – Zerdahel sagt: ›Natürlich. Aber daran sind nicht wir anderen schuld, daran ist schuld, daß uns die Namen nicht in ihrer ursprünglichen Form erhalten sind, daß aus den vielen Phantasien, die um sie herum gedichtet wurden, zwei Extreme – Inga, Und Umgekehrt – sich herausgebildet haben und zu Gegensätzen versteinert sind.‹ – ›Das ist das Schlimme an dir‹, sage ich schließlich, ›daß du die Wahrheit mit der Lüge mischst und das Gewebe schließlich so undurchdringlich wird.‹ – ›Da hast du's‹, sagt Zerdahel – er muß ja immer das letzte Wort haben: ›Gerade so redet Und Umgekehrt seit dreitausend Jahren!‹

– Der Zirkel ist hergestellt. Aber wir werden nicht wiedergeboren. Ich weiß es. Nehmen wir an, es hätte tausend Generationen von Bieresch gegeben und alle wären Neuauflagen der ersten drei oder vier – auch ein Zufallsgenerator hat seine Grenzen. Zumindest ein einziges Mal in unserer langen Geschichte hätte es gelingen müssen, das Puzzle zu legen! Der Mutationssprung hätte passieren müssen. Längst hätte einer aufspringen müssen, um zu bekennen: ›Ja, ich bin wirklich ›Katzensilber-auf-dem-Weg-von-ihm‹!‹ Dann hätte sich das Puzzle selbst gelegt, und wir würden nicht mehr, Abend für Abend, auf diesen häßlichen, harten, unbequemen Gasthausstühlen herumhocken und rätseln. – Wir tun es aber, eben weil ich nicht Und Umgekehrt bin, eben weil ich Inga bin. Ich bin es.‹ – ›Das sagt Und Umgekehrt seit dreitausend Jahren‹, sagt Zerdahel.«

Pfirsichkernschnitzen

Während er sprach, schichtete und bündelte ich die Stöße der Postwurfsendungen, die ich auszufahren hatte. Von einer niedrigen, handgedrechselten Stellage nahm Und Umgekehrt ein Paket Flugblätter und legte es vor mich auf die Werkbank. Es waren Werbeblätter, mit denen er für sein Geschäft Reklame machte. Ein unsinniger Werbespruch stand darauf: ›Zum Essen die Finger, zum Einkauf zu . . .‹ Esch McForditott stand darunter. Ich fragte ihn, was dieser Name zu bedeuten hätte. Er antwortete, es sei eine Verballhornung seines Namens, mit der er Zerdahel ärgern wolle. Und Umgekehrt heiße auf ungarisch ›és megforditott‹. Ich schüttelte den Kopf. Hier wurden sinnlos Spiele gespielt, die ich nicht verstand. – Ich sah mich um. Meine Arbeit hier war für heute getan. Jetzt hieß es noch, die Bündel in die Scheibtruhe zu laden und zuzustellen. Gerade als ich aufstehen wollte, um mich zu verabschieden, fiel mein Blick auf einen Schraubstock, der am unteren Ende der Werkbank befestigt war. Seine Backen hielten einen sorgfältig polierten Pfirsichkern fest. Undeutlich waren in das Kerngehäuse die Umrisse eines Kopfes geschnitzt. Ich ging um den Tisch herum, um mir die Arbeit näher anzusehen. Verschwommen, wie aus Wasser heraus, sah mich das Gesicht meines verstorbenen Onkels an. »Es ist das Medaillon für deine Tante«, sagte Und Umgekehrt, »du kannst es ruhig herausnehmen.« Ich lockerte die Backen und zog es zwischen Daumen und Zeigefinger heraus. »Es ist dein Onkel. – Das ist so Brauch hier«, sagte er gleichgültig. »Wenn es einmal fertig ist, wird man es aufklappen können, und drinnen wird dann eine Photographie von dir sein. Gefällt es dir?« Ich schüttelte wieder den Kopf. Ich konnte nicht sprechen. – Auch er also, der großspurig mit jedem seiner Sätze betonte, wie weit er sich vom Aberglauben der Bieresch entfernt hatte, war ganz und gar darin gefangen. Und er bemerkte es noch nicht einmal! – »Ich muß das machen«, sagte er, »ich lebe davon.« Ich sah ihn an. Er wurde unruhig. »Ich weiß«, sagte er wie entschuldigend, »es ist ein Aberglaube dahinter, aber glaubst du denn, ich könnte mich mit dem bißchen Lebensmitteln da draußen über

Wasser halten? – Und wenn ich wirklich damit aufhörte, wer würde da wohl noch bei mir einkaufen? Abgesehen davon, kann ich es am besten von allen!« Er sagte das trotzig wie ein Kind. Dann machte er eine Pause. Wieder spürte ich das elende Gefühl der Unausweichlichkeit in mir aufsteigen, das mir De Selby verursacht hatte. »Und was glaubst du: Wer wird dir wohl die neuen Hände an deine Scheibtruhe schnitzen? – Wenn das deine Tante sieht!« Und Umgekehrt triumphierte. Er hatte sich wieder ganz in der Hand. – »Dann hast du wohl auch das Relief für den Eingang zum Ballsaal gemacht?« fragte ich. Ich war auf alles gefaßt. – »Aber woher«, sagte Und Umgekehrt befreit, »das ist schon hundertzwanzig Jahre alt! – Und außerdem redest du schon wie Zerdahel!« Und Umgekehrt setzte sich mir gegenüber schräg auf die Werkbank. Seine langen Beine berührten fast den Boden. »Das Pfirsichkernschnitzen«, erklärte er, »hat historisch gesehen überhaupt nichts mit den Histrionen zu tun. Es ist ein Brauch der Monotomoi. – Weißt du übrigens, wie die Vulgata anfängt?«

Die Vulgata

Er ging zur Stellage und zog unter den Stößen von Flugblättern ein zerfetztes Taschenbuch hervor. »Da, lies!« sagte er und gab es mir herüber. Es sah aus, als ob es aus einer Leihbücherei käme. Deckblätter und Rücken fehlten, auf der ersten Seite stand in großen gotischen Schnörkeln »Die Vulgata«, darunter und daneben hatten wohl die früheren Besitzer auf das vergilbte Papier ihre Namen geschrieben. Manche von ihnen schienen mehrmals auf, aber alle, bis auf den Ingas, waren wieder durchgestrichen worden. Ich blätterte die erste Seite um, das Blatt war griffig und rauh. Ich las die Überschrift. Sie lautete: »Erster Abschnitt«, darunter stand in kleineren Lettern: »Kurzer Abriß der Schöpfungsgeschichte / Die ersten sechs Tage / GOTT erschafft die Welt und den Menschen / Die Monotomoi / Der erste Tag.« – Ich begann zu lesen:

»Es war an einem Schalttag. GOTT saß an seiner Werkbank und jodelte. ER hatte es den Truthähnen abgeschaut, die um ihn durch das hohe Gras streiften. – Von allen Dingen und Tieren, die ER bisher geschaffen hatte, liebte ER die Truthähne am meisten. Über alles aber liebte GOTT, der Vater des Universums, seinen Kehlkopf. Und da ER niemanden hatte, mit dem ER hätte sprechen können, und weil selbst die Truthähne aufgeregt kollerten, wenn ER sie anredete, nahm ER seinen Kehlkopf mitsamt seinem Adamsapfel heraus und besah ihn sich unter der Lupe. Und GOTT war zufrieden. ER zerlegte den Kehlkopf und setzte ihn wieder zusammen. Den Adamsapfel aber vergaß ER neben sich auf dem Arbeitstisch. Als ER bemerkte, was ER vergessen hatte, nahm ER seinen Adamsapfel und hielt ihn gegen das Licht. Er sah aus wie ein Pfirsichkern. GOTT spuckte neben sich auf den Boden. Aus der Hosentasche holte ER ein Federmesser und machte sich an die Arbeit. Unter seinen eifrigen Fingern entstand ein Bildnis, das ihm in vielem glich ...«

Angewidert schlug ich das Buch zu und gab es Und Umgekehrt zurück. – »Siehst du«, sagte er vorwurfsvoll. »Ich habe dir gesagt, es hat nichts mit den Histrionen zu tun. Im Gegenteil: Sie haben dieses Buch jahrhundertelang verboten und verbrannt. Vor allem wegen der ersten zwei Sätze. – Dabei finde ich gerade sie so schön. Sie strahlen Ruhe und Gemütlichkeit aus: ›Gott saß an seiner Werkbank und jodelte‹ «, zitierte Und Umgekehrt. »Es klingt wie Glockenläuten. – Wenn du willst, so leih' ich es dir.« Ich sah ihn an. Er verstand. »Schade«, sagte er. »Es ist sehr interessant geschrieben und außerdem eine ausgezeichnete Einführung. – Dann wirst du dich jetzt wohl auch noch nicht entschließen können, zu uns zu kommen?« Ich wußte nicht, was er meinte. – Dann verstand ich. »Da ist eine Beitrittserklärung«, sagte Und Umgekehrt ruhig. »Ich geb' sie dir auf alle Fälle mit. Du brauchst dich ja jetzt noch nicht festzulegen. Überlege dir alles in Ruhe und entscheide dann nach deinem Dafürhalten.«

Derselbe

Das also waren die ›neuen Ufer‹, zu denen wir wollten. – Am liebsten hätte ich den Zettel, den er vor mich auf den Arbeitstisch legte, vor seinen Augen zerrissen. Ich kam mir besudelt vor, verraten, betrogen. Eine Riesenhand, der ich nicht ausweichen konnte, griff da nach meinem Kopf und drückte ihn unter Wasser. Ich rang nach Atem. Langsam, unter dem jahrhundertelangen Druck dieser Hand und der Wassermassen, stülpten sich gleichsam aus meinem Hals Kiemen und spitzten sich zu einem Schrei. Er klang wie das Quieken einer Ratte. Ich mußte mit jemandem reden. Sofort. Draußen, vor der Tür, wartete De Selby vielleicht seit Stunden im Regen. Ich würde ihm alles erzählen. Wie hilflos waren wir bisher der feinen Maschinerie dieses Zynismus ausgeliefert gewesen. Aber das sollte sich ändern. Ich stand auf. – Und Umgekehrt griff sanft nach meinem Arm und drückte mich zurück in den Stuhl. Er fing wieder zu reden an und band mich so mit neuen Geheimnissen:

»Eines mußt du noch wissen«, sagte er, als er sah, daß ich mich ohne Widerstand fügte. »Uns Monotomoi ist im Lauf der Geschichte sehr viel Unrecht geschehen. So wurde und wird uns von verschiedenen Seiten, vor allem aber von Zerdahel vorgeworfen, wir seien die eigentlichen Urheber der Güteraufteilung gewesen. Dieser Vorwurf, so leicht er mit logischen Mitteln zu entkräften wäre, da unser Konzept der konstanten Eigenschaften, die sich zu unverwechselbaren Persönlichkeitsklumpen kristallisieren, mit Vorstellungen, die sich mit den Begriffen von Eigentum und Besitz verbinden, unverträglich ist, während umgekehrt Zerdahels apokryphe Idee von der Wiedergeburt der Bieresch sehr wohl mit dem Besitzanspruch der raubgierigen Göds vereinbar wäre, wie du gleich sehen wirst, dieser Vorwurf nun hat sich in den Gehirnen der Bieresch, sofern sie eines haben, als unausrottbares Vorurteil gegen uns eingenistet. Dabei ist er zweifellos nur auf den Umstand zurückzuführen, daß es unsere Bewegung seit unvordenklichen Zeiten gibt, daß es immer, ohne eine einzige Unterbrechung Monotomoi gegeben hat, die tatenlos zusehen mußten, wie Häuser geräumt, Besitztum vernichtet, Unteilbares aufgeteilt, Heiliges beschmutzt wurde. Wir sind der um sein Erbteil betrogene Esau dieser Geschichte. Ausgestattet mit dem Erstgeburtsrecht, haben wir zusehen müssen, wie Generationen heimtückischer Brüder uns Haus, Hof und Habe unter den Augen davontrugen und den väterlichen Segen verspielten. *Deine Hand ist rauh, aber deine Stimme klingt hoch wie die deines Bruders,* beginnt die erste Strophe eines unserer schwermütigen Volkslieder. So wird man verwechselt. Wie auch nicht! – Isaak selbst wurde ums Haar auf dem Altar von Abrahams Dummheit geopfert! Was glaubst du wohl, was er zu seinem Vater gesagt hat, als er davon erfuhr? Er sagte: *›Vater, wenn du mich als Brandopfer dargebracht hast, so nimm die von mir übriggebliebene Asche und bringe sie meiner Mutter Sarah und sage zu ihr: Dies ist der Geruch von Isaak!‹* Isaak, das ist ›der Spötter‹ «, sagte Und Umgekehrt. – »Ohne Unterlaß hat man uns seit Jahrhunderten verfolgt, verhöhnt und getreten. Frech darf sich Zerdahel zum menschenunwürdigen Grundsatz der Wiedergeburt bekennen, dieser Apologie des menschlichen Elends – wir ernten den Schimpf. – Aus diesem Grund und aus keinem anderen habe ich für unsere nächste Versammlung das gesamte Beweismaterial zusammengetragen und geordnet. Jetzt wird das Pendel einmal in die andere Richtung ausschlagen, das verspreche ich dir! Ich hab lange an der Formulierung all der Gedanken, Vorstellungen, Erkenntnisse gefeilt, die im Lauf der Jahrhunderte unsere Denkweise geprägt haben. Ich kann jetzt Punkt für Punkt jeden einzelnen Vorwurf widerlegen, der jemals gegen unsere Bewegung erhoben wurde. Und das hier ist mein Zeuge!« Und Umgekehrt legte die Schwurhand auf die Vulgata. »Auch De Selby wird mir auf seine Weise behilflich sein«, sagte er heiser. Jetzt hatte ich es ganz deutlich gehört: Unmißverständlich hatte Und Umgekehrt anstatt des richtigen Namens ›derselbe‹ gesagt. Es hatte zwar gepreßt und verunstaltet geklungen, aber es war unverkennbar gewesen. War es das Symptom einer Krankheit, daß er zwanghaft zählen, zwanghaft Namen deklinieren mußte? Und Umgekehrt zog wieder sein Taschentuch hervor und schneuzte sich. Irgendwo im Inneren des Hauses schrillte ein Pfeiftopf, gleich darauf setzte, etwas tiefer, die Dorfsirene ein. Es war zwölf Uhr. Jetzt mußte der Mittagszug, mit dem ich gestern gekommen war, im Bahnhof einfahren. Ich lauschte. Der Regen rauschte in Bächen über das Fenster. Irgendwo, weit weg, jaulte ein Hund. Dann hörte man draußen Schritte, ein Gegenstand polterte dumpf auf den Boden, jemand putzte sich am Schuhabstreifer die Schuhe ab. Die Eingangsglocke schlug kurz an, die Tür ging auf, die Regengeräusche verstärkten sich. Es klang, wie wenn ein gelangweiltes Publikum lustlos in die Hände klatscht. Dann stand, völlig durchnäßt, De Selby im Türrahmen. Tränen rannen ihm über die Wange. »Was ist denn geschehen?« fragte Und Umgekehrt. »Sie haben meinen Hund umgebracht«, sagte De Selby, geschüttelt vom Weinen. »Sie haben ihn mit der Bahn überfahren, die Schweine!«

Fünftes Kapitel

BEIM WASENMEISTER

Der Weg zum Wasenmeister, der De Selbys Hund begraben sollte, war lang und beschwerlich, obwohl die Straße immer gleichmäßig bergab führte und die Scheibtruhe, wie losgelöst von mir, vor mir herrollte. Doch kannte ich nun schon die Tücken dieser Straßen, es war ja alles wie gestern – und so war es mir ein leichtes, den Schlaglöchern auszuweichen, die wegen des gerade gefallenen Regens bis zum Rand hin mit Wasser gefüllt waren. – Ich hatte mich erbötig gemacht, De Selbys Hund, eine zwergenhafte Mischung aus Schäferhund und Bernhardiner, in die Scheibtruhe zu laden und in ihr mitzuführen, wenn man über ihn eine Decke warf, auf die ich dann die auszutragende Post legen konnte. Was nicht in der Truhe Platz gefunden hätte, hätte ich leicht in einem kleinen Rucksack unterbringen können, den mein Onkel immer verwendet hatte, wenn besonders viel Post angefallen war. De Selby lehnte mein Anerbieten allerdings ab und nahm die Hundeleiche, die er neben den Schuhabstreifer vor die Tür zu Ingas Laden geworfen hatte, auf, obwohl sie gänzlich blutverschmiert war. Das Rückgrat des Tieres war beim Unfall gebrochen. Sein Körper hing wie ein schwerer Sack zwischen den Armen des Mesners durch.

Alle Feuchtigkeit war aus der Welt geleckt. Es war heiß, und die Luft war von einem sonderbaren Summen erfüllt, dessen Ursprung man nicht bestimmen konnte. Es klang manchmal so nahe, daß man sich unwillkürlich umdrehte, und weil man nichts sah, glaubte man, das Geräusch käme aus einem selber.

– Die Hände des Fleißigen ruhen, erzählt die Legende. Nichts regt sich, die Luft ist glatt wie ein Spiegel. Möglich, daß woanders gerade ein Verbrechen geschieht, so namenlos, so kraftlos ist alles. ›Wie heiße ich?‹ lautet da deine Frage. Und die Antwort ist dieses Summen, dieses Rauschen. Es ist das Gerausche, das von den Haaren der Welt herrührt, die sich in ihrem riesigen Bett auf die andere Seite dreht. –

Ich wollte nicht zu reden anfangen, und De Selby schwieg. Nur die Scheibtruhe grub sich, leise knirschend, ihren Weg durch Schotter und grobkörnigen Sand. So dösten wir, mehr schlafend als wach, zwischen den weißen Häusern der Bieresch dahin, die, auch nur mit sich und den eigenen Angelegenheiten beschäftigt, unter häufig verkrüppelten Obstbäumen verstreut lagen. Die Stirnseiten glänzten abweisend, die hölzernen Eingangstüren waren verschlossen. Die Blockbauspeicher sahen wie fremdländische Grabmäler aus. Der Abstand zwischen vereinzelten, größeren Gehöften und ihren seitab liegenden Wirtschaftsgebäuden war unökonomisch und ermüdend groß, und unser Schotterweg führte zwischen ihnen durch, als gehörte er nicht dazu. – Manchmal zeigte uns eines der Häuser seinen Hintern, als läge es mit den anderen im Streit. Überall kollerten leise die Truthähne, die Gott geweihten Tiere der Monotomoi. Es war eine verwunschene Welt, aber zur Hälfte gehörte wohl auch ich schon dazu.

Das erste Haus, vor dem wir hielten, war eine kleine, weißgetünchte Hütte, die, die Türe sperrangelweit offen, wie man es sonst nur bei Zigeunerbehausungen sah, aus einem einzigen, kleinen Raum zu bestehen schien. – Vor ihr, in der Sonne, wartete ein halb angezogener Mann in weiter, blauer Schlosserhose, die vorne offenstand, und ließ, sonst unbewegt, von Zeit zu Zeit die Hosenträger gegen den nackten Oberkörper schnalzen. Er rauchte eine Zigarre, die er in Abständen weitausholend zum Mund führte, als wollte er diesen abwischen.

Das Haus stand nahe der Straße auf einem niedrigen Hügel, in den unser Weg wie ein Graben eingeschnitten war. Neben dem Haus lagen Bretter zu einem Stoß übereinandergeschichtet. Ein leichtes, hochrädriges Motorrad lehnte daran. – Der Mann, in dem ich im Näherkommen den zweiten Göd wiedererkannte, stützte seine Linke gegen das Haus und beobachtete uns auf unserem Weg, wobei er manchmal den Kopf nachlässig zur Seite drehte, um jemanden im Haus über die Vorgänge heraußen auf dem laufenden zu halten. Aus einem kleinen Kofferradio, das er eingesteckt hatte, kamen gequetscht die Klänge von Volkstanzmusik. Die Töne waren leicht und schnell wie Worte aus einem flüchtig hingeworfenen Satz, den niemand ernst nimmt. – Da der Göd heute keine Mütze aufhatte, wirkte er stark verändert. Sein Kopf war zur Glatze geschoren, die Augen lagen tief, und ihr stark schielender Blick glitt gleichmäßig träge über die Gegenstände, ohne scheinbar ein einziges Mal an etwas Bestimmtem hängenzubleiben. Dies und sein übriger Aufzug – die kleine, nach vorne gestülpte Stupsnase, die offene Hose und dazu der steile Höcker – hatten etwas unverhohlen Gewalttätiges.

Ich stellte mein Fuhrwerk seitlich am Weg ab und nahm die für diese Hausnummer bestimmten Flugblätter heraus, um sie dem Göd zu bringen. Er beachtete die ihm hingestreckte Hand mit der Post nicht, sondern drehte mit seiner Rechten in der Hose am Radio, um es leiser zu stellen. Es krachte ein paarmal, weil er den Sender verloren hatte, dann ertönte ein gleichmäßiges Brummen, das er mit einem festen Schlag auf das Gerät zum Schweigen brachte. Ich stand links von ihm, wie es die Tante empfohlen hatte, und wie beim Lesen, als ob er die Landschaft Zeile für Zeile nach mir absuchte, ohne mich zu finden, vielleicht weil ich zu nahe stand, bewegten sich seine Augen hin und her. Dann aber wandte er sich doch mir zu, sah mich kurz an und an mir vorbei und sagte: »Werfen Sie diesen Mist doch weg!« – Eine Stimme kam aus dem Hausinnern. »Laß ihn in Ruhe!« rief eine Frau. Sie stand gleich darauf in der Tür und bat mich in einem Ton, als wollte sie sich für die Beleidigung des Göds entschuldigen, um die Reklamesendungen. Ich kannte auch sie schon: Es war die Frau des vierten Göds, die am Vorabend unter den anderen am Nebentisch gesessen war und mit ihrem Zeigefinger am Weinglasrand die traurige Musik erzeugt hatte. – Die Ärmel ihrer Bluse waren aufgestrickt, die Arme dick und fleischig. Blasse Härchen standen senkrecht von ihnen ab. Ich gab ihr die Post, und mit einer abschließenden Bewegung, so als hätte ich nun genug gesehen, ließ sie ihre Blusenärmel herunter und machte den obersten Knopf, der offenstand, wieder zu. Sie wirkte kräftig und verschüchtert zugleich, ihre Schultern waren wie bei jemandem alten nach vorne vorgefallen, ihre Schritte waren bestimmt wie die eines Trinkers, wirkten aber trotzdem zögernd und unsicher. Sie ging zurück in ihr Haus, gefolgt vom zweiten Göd, dessen Bewegungen im Gegensatz zu den ihren heimtückisch schnell und abgezirkelt waren. ›Chad – kal‹, ›scharf und flink‹, hatte Zerdahel gesagt, würde der erste Göd in Zukunft vielleicht heißen. Der Name paßte eher zu diesem Mann, der sich jetzt, bevor er hinter der Frau im Halbdunkel des Hauses verschwand, noch einmal umdrehte und absichtlich gedehnt, um zu verletzen, zu De Selby sagte: »Ein Hundewetter ist das heute, nicht?« – Er unterstrich seinen Spott noch mit einer herausfordernden Kopfbewegung und ließ zur Begleitung die Musik aus seinem Taschenradio besonders laut aufspielen. – »Sie waren es! Sie haben ihn umgebracht!« schrie der Mesner außer sich. »Sie sind ein Mörder, jawohl!« Und als wäre er der öffentliche Ankläger persönlich, hob er die Hundeleiche auf seinen Armen in die Höhe, um sie herumzuzeigen. – Dämmerte ihm langsam? – Gerade daß er so schrie, war ein Beweis dafür, daß er nichts begriff. Lächerlich war sein Pathos in diesem Augenblick, da der andere ohnehin offen alles zugegeben hatte, und ihn jetzt noch einmal der eigenen Lächerlichkeit preisgab, indem er, bloß mit Achseln und Höcker zuckend, wortlos ins Haus zurückkehrte.

Ich blieb unschlüssig stehen: Drinnen redete Ráks

Frau, flüsternd vor Aufregung, auf den zweiten Göd ein, heraußen schluchzte De Selby, der sein Gesicht im Fell des Hundes begraben hatte, haltlos. Es war zugleich abstoßend und mitleiderregend. – Dann steigerte sich das Flüstern der Frau zum Jammern. – »Mein Gott«, rief sie, »sie werden uns Unglück bringen!« Der Göd fuhr sie grob an, – einen Moment lang war Stille, dann ging es wieder los, indem die Stimme in einer Art Tonleiter des Jammers immer höher hinaufkletterte, bis sie sich überschlug: »Ich hab' dir gesagt, du sollst sie in Ruhe lassen«, rief sie, als wäre nun alles aus und geschehen. Ein Schlag, klatschend wie eine Ohrfeige und irgendwie befreiend, war die Folge. Aber wie jemand, der weiß, daß er recht hat und dieses Recht sich nicht mehr nehmen läßt, fing sie, sich steigernd, wieder an, bis ihre Stimme, hoch oben, nervenaufreibend schepperte und klirrte. Der Göd äffte sie drohend nach, aber obwohl das, was er sagte, für mich unverständlich war, spürte ich die große Angst vor einem kurz bevorstehenden oder gerade geschehenen, nicht wiedergutzumachenden Fehler heraus. Teller klapperten – ›also wurde Geschirr abgewaschen‹, dachte ich, zähneknirschend und einverstanden gleichzeitig. – »Hör auf! Hör auf!« schrie die Gödl, jetzt in höchster Not. – »Nicht werd' ich!« trotzte der Göd zornig. Und als wollte er mit seinen Worten, die er einzeln stoßweise betonte, so daß es klang, als treibe er die Frau mit ihnen vor sich her durch das Zimmer, das Schicksal vernichten, schlug er mit der Faust auf die Tischplatte. Gläser schlugen aneinander, irgend etwas – das Radio? – ein

Besen fiel zu Boden. Sein Stiel ragte zur Hälfte aus der offenen Türe. Wasser zischte über eine heiße Herdplatte, daß es kein Ende zu nehmen schien. »Laß mich los!« kreischte die Frau, und die Luft pfiff aus ihr heraus, als hätte sie sie viel zu lange an sich gehalten. Dann wimmerte sie, und der Göd lachte sie unverschämt in dieses Wimmern hinein aus, das langsam in ein schweres, schnelles Atmen, dann in ein Schmatzen überging.

Ich stand da, ohnmächtig, Zeuge dieser jahrtausendalten Untat. Mordlust wurde in mir wach: Das waren Briefträgergeheimnisse, mit denen ich nichts zu tun haben mochte. – Wo war De Selby. Ich sah mich um. Er fing meinen Blick auf und verstand sofort. – Der Hund hüpfte in seinen Armen auf und ab wie etwas Heißes, das er loswerden wollte, für das es aber in dieser Welt keinen geeigneten Platz gab. Ich ging auf ihn los: Er war schuld.

Und da war wieder, wie auferstanden, der zweite Göd in der Türe. Jetzt hatte er nur noch eine schmutzigweiße Unterhose an, die sich lächerlich über seinem steif wegstehenden Glied spannte. – Irgend etwas in mir, eine Feder, ein Staubkorn, eine Schuppe löste sich leicht und flog davon, als ich ihn so dastehen sah. – Und der Göd hielt sein Glied fest über der Hose umfaßt, als wollte er seine Erektion nicht verlieren. Er brüllte uns an, wir sollten verschwinden.

– Ein Stück deines Selbstes wird aus dir gerissen, sagen die Schriften der Bieresch, weil du zuviel bekommen hast, weil du zuviel genommen hast. Genäht wirst du nicht, – aber schau! da wartet die Schere. Leg dich nieder, leg dich aufs Bett. Ich halte dich fest, – schließ deine Augen. Er hält dich fest, – schließ deinen Mund. Ein Grab wird geschaufelt in deinen Körper, der Sarg, der darinnen ist, muß jetzt heraus! –

Ich rannte den Hügel hinunter zu De Selby, ein lachendes, hüpfendes Etwas, ein seitwärts wegspringender Ball. Eine Bewegung ohne Sinn. Es war, als wäre eine Frage, von der ich selbst noch nichts wußte, plötzlich von ihrer Antwort verschluckt worden.

Freundschaft

Und De Selby verstand mich. – Er streckte mir unter dem Hund hervor schweigend die Hand entgegen, die ich dankend annahm. »Alles vergessen?« fragte ich. »Alles vergeben«, gab er zur Antwort.

Ich nahm meine Scheibtruhe wieder auf, und fort ging's. – »Du und dein Hund!« sagte ich. Gerade hatte ich ihn noch umbringen wollen, und schon ging er wieder mit seinen kleinen, unbeugsamen, schnellen Schritten neben mir her.

Immer steiler abwärts führte der Weg, immer größere Sprünge machte mein Fahrzeug, und in einer Art kindischen Glücks stampfte ich neben dem Mesner die Senke hinunter. – Eine solche Grube gab es doch gar nicht! – Alte Biereschek saßen, das Kinn auf die Hände und diese auf knollenförmige Stockenden gestützt, mit fliegenden Haaren auf den schmalen Bänken vor ihren Hütten, die sich wie Schiffskiele in den blauen Himmel darüber bohrten. »Reisewetter«, sagte De Selby. – Gerade hatte ich ihn noch umbringen wollen.

So bildete sich zwischen mir und dem Mesner eine seltsame Freundschaft, die darin bestand, daß der eine redete, während der andere schwieg. – Mit jedem Wort, das ich sprach, schien sich diese Freundschaft tiefer in mich einzugraben, und jedes Schweigen, das ihm folgte, schien die Gräben noch zu verfestigen. Ich hob mit der Schaufel in mir die Erde aus, und er trat mit seinen Füßen den Boden darunter fest. – Ein Einverständnis war zwischen uns wie zwischen Gruß und Dank. Und dieses Gefühl schien sich allmählich der gesamten Umgebung mitzuteilen:

Vor einem der Häuser hatte ein alter Mann ein Tischchen aufgestellt. Eine grüne Plastikwaschschüssel stand darauf. An einem Nagel, unter Augenhöhe, hing an der Hauswand ein alter, zerbrochener Spiegel. Breitbeinig stand der Mann vor ihm, mit nacktem Oberkörper und schräg, weit nach vorne gebeugt, damit er sich noch sehen konnte. Die Hosenträger hingen seitlich lose herunter und schwankten bei seinen kräftigen Bewegungen hin und her, wenn er mit kurzen Schritten einen besseren Stand suchte oder zu demselben Zweck die Beine weit auseinanderspreizte. – Er war so sehr in seine Beschäftigung vertieft, daß ich, ohne zu grüßen, weil ich ihn bei seiner Arbeit nicht stören wollte, die für ihn bestimmte Post auf die schmale Bank neben das Handtuch und die Seifenschale legte. Es gelang mir, ohne von ihm bemerkt zu werden, und stolz, als wäre mir damit ein kleines

Meisterwerk geglückt, ging ich zu De Selby zurück.

Ein leichter Wind kam auf, vermischt mit dem unbändigen Zirpen der versteckten Grillen. Ich hatte das Gefühl, als wären allen Dingen mit einem Male Haare gewachsen, durch die ich mit meinen Fingern fahren wollte, und während ich ging, schien es mir, als ob sich die Erde nun ganz dem Wechsel meiner Schritte anpaßte, indem sie sich mir entgegenhob, wenn ich auftrat, und unter mir wegtauchte, wenn ich den Fuß hob.

Ende der Freundschaft

Je weiter wir aus dem Dorf hinauskamen, desto größer wurden die Entfernungen zwischen Hütten und Straße, aber je größer sie wurden, desto leichter waren sie zu überwinden. – Bei einer der letzten Häusergruppen – De Selby führte gerade seine Theorie des Einwegsystems weiter aus und behauptete, daß sich dieses gut auf unsere Fähigkeit zur Erkenntnis übertragen lasse – entdeckte ich Zerdahel, der sich vor einem Schuppen an einer Stehleiter zu schaffen machte, indem er mit einem schweren Hammer Holzkeile in die Sprossenzapfen trieb. – *»Bewußt erleben ist wie Erinnerung«,* sagte der Mesner, als ich die Post aus der Truhe nahm. »Zwei Neigungen streiten in mir bei jedem Erlebnis. Einmal möchte ich mich ihm einfach hingeben wie einem Hinweg, sorglos und leicht, zum anderen drehe ich mich nach jedem Schritt um und betrachte den zurückgelegten Weg. Dadurch verfilzt sich alles in mir. Aus den zurückgelegten Bahnen möchte ich die Zukunft rekonstruieren. Unser Lebensweg hat sich schon einmal gekreuzt, damals, als sich Oslip halb erschlug. – Erinnerst du dich?« Ich sah ihn fragend von unten herauf an. »Ist auch egal«, sagte er, »wichtig ist nur, daß wir einander nie wieder hätten begegnen dürfen, weil wir und unsere Leben aneinandergeknüpft sind. Ich lebe, und du gibst mir die Ohrfeige dafür, so ist es. – Die einzig wirklich brauchbare und auch auf Dauer nützliche Form der Erkenntnis wäre eine konstruktive Desintegrationsanalyse, wie es Und Umgekehrt nennt – das Gegenstück zu seiner Billardspieltechnik, das heißt, die Fähigkeit, unsere Lebensbahnen so zu berechnen, daß sie sich nicht mehr kreuzen, sobald eine erstmalige Überschneidung Unglück gebracht hat. – Das meint er auch immer, wenn er sagt, daß er in Gedanken schon an einer neuen, nie dagewesenen Art von Billardstock schnitzt. – Ich erklär es dir später.«

Ich war von seinen Worten betroffen. Dunkel erinnerte ich mich wieder an das Erlebnis am Wehr, bei dem sich Oslip so schwer verletzt hatte. Ich war neben meiner Tante gestanden und hatte in meiner Aufregung nach ihrer Hand gegriffen, als ich bemerkte, wie sich der auf dem Stein liegende Balken im Schaukeln langsam zur Seite bewegte und das Unglück unvermeidbar wurde. Da hatte sich eine andere Hand in die meine gelegt, und als ich hinsah, war es die Hand eines kleinen, dicken Buben gewesen, der unverwandt dem Schauspiel zusah. Ich hatte ihn angesehen und hatte seine Hand gedrückt. Ohne seinen

Blick vom Geschehen abzuwenden, hatte er diesen Druck erwidert. Es war also der Mesner gewesen. – Ohne zu sprechen, hatten wir damals eine Art Bündnis geschlossen, und darauf spielte er jetzt wohl an. – Wenn ich von Zerdahel zurück war, würde ich ihn fragen, ob er damals auch zuerst jene Vorahnung des Unglücks und dann das Gefühl vollständiger Befreiung gehabt hatte, das man immer dann empfindet, wenn eine Strafe, die für einen selbst bestimmt ist, einen Fremden trifft, der gerade im Weg steht.

Zerdahel hatte uns längst entdeckt, aber er tat nichts dergleichen, sondern machte sich weiter mit allerlei Werkzeugen an seiner Leiter zu schaffen. Erst als ich bei ihm war, sah er auf und sagte zu mir: »Du machst es jetzt schon ganz gut!« Dabei richtete er sich auf und suchte etwas in seiner Tasche. »Wart', du bekommst noch was!« sagte er und zog eine kleine, sechseckige Münze aus seiner Hose. Er gab sie mir. Es war eine unserer Münzen. Ihr Rand war zugefeilt, in die Mitte war ein Loch gestanzt. Sie war wertlos, aber trotzdem gefiel sie mir.

Ich war unentschieden. Irgend etwas an dem, was De Selby gerade gesagt hatte, hielt mich zurück. Ich wollte dieses unangenehme Gefühl loswerden, und so blieb ich noch stehen. »Woher haben Sie denn die Münze?« fragte ich Zerdahel. »Ach, die sind von Lumiere«, sagte er. »Wir spielen Dame damit. Die einen haben ein Loch, die anderen nicht.« – »Aha!« sagte ich. Es entstand eine kleine Pause, weil Zerdahel nichts sagte und ich mich nicht rührte. Zerdahel sah mich neugierig und abwartend von der Seite an.

»Müssen Sie denn nicht weiter?« fragte er schließlich, aber immer noch hatte ich dieses unangenehme Gefühl. So konnte ich unmöglich zu De Selby zurückgehen. »Was machen Sie denn da?« fragte ich, ohne auf seine Frage einzugehen. »Die Sprossen sind locker geworden«, sagte Zerdahel trocken. »Aha!« sagte ich wieder, idiotisch. »Holen Sie ihn doch wenigstens her«, sagte Zerdahel plötzlich ungeduldig, »das tut man doch nicht: plaudern und andere auf einen warten lassen!« Und dann rief er gleich selbst nach De Selby und forderte ihn auf, zu uns zu kommen. – Der Mesner schüttelte den Kopf und blieb unten am Weg stehen, den Hund wie festgewachsen auf seinen Armen. »Jetzt ist er beleidigt«, sagte Zerdahel, »kein Wunder!« – »Ich hab' ihm doch nichts getan!« sagte ich. – »Ach so?« sagte Zerdahel spöttisch, »Sie vertreten sich hier wohl bloß die Füße?« – »Mir geht manchmal einfach seine Weinerlichkeit auf die Nerven«, log ich. – »Sie müssen selbst wissen, was Sie tun«, erwiderte Zerdahel jetzt scharf und wandte sich wieder seiner Arbeit zu. Ich wußte nicht, was ich nun tun sollte, hatte jetzt aber noch weniger Lust, mit dem Mesner allein zu sein, als vorher. So rief ich halbherzig: »Komm her, De Selby, sei doch nicht so!«

Aber De Selby blieb weiterhin neben der Scheibtruhe stehen und rührte sich nicht vom Fleck. – »Wissen Sie eigentlich, was aus Oslip geworden ist?« fragte ich Zerdahel, mehr, um das unangenehme Schweigen zu unterbrechen als aus wirklichem Interesse. »Ach, lassen Sie mich doch mit Ihren albernen Fragen in Ruhe!« gab Zerdahel zurück. De Selby stand noch immer unten am Weg und schaute vorwurfsvoll, wie mir schien, zu uns herauf. »Geh schon voraus!« rief ich ihm zu, »ich komme gleich nach!« Wieder sah mich Zerdahel von der Seite her an. »Wie Sie lügen können!« sagte er kopfschüttelnd, und Ähnliches mochte wohl auch der Mesner empfinden, denn er schrie jetzt, wütend vor Schmerz: »Mit uns beiden ist es aus, das sage ich dir!« Dann gab er sich einen Ruck und ging los.

Ich stand da. Irgendwie war ich jetzt ganz allein. De Selby ging auf der Straße davon, Zerdahel hämmerte wie verrückt an seiner Leiter. »Laß mir nur die Kinder in Ruhe!« hatte mich die Tante am Abend davor, als wir uns nebeneinander in das riesige, mit Schnitzwerk verzierte, helle Ehebett legten, gewarnt. Der Satz ging mir durch den Kopf, immer wieder von vorn, immer wieder von neuem. – Ich ging langsam zurück zur Scheibtruhe, ein Gedanke, das spürte ich, fing an, sich in meinem Kopf zu bilden, aber ich wußte noch nicht, was er von mir wollte.

»Laß mir nur die Kinder in Ruhe!« – Ich hatte die Tante nicht nach der Bedeutung dieses Befehls gefragt, und sie schien damit zufrieden gewesen. Irgendwie hatte er mit dem zu tun, wie sich De Selby gerade verhielt.

Im Bett der Tante

Die Arme unter dem Kopf verschränkt, waren wir nebeneinander in den Ehebetten gelegen. Keiner hatte gesprochen, dann hatte sie einen Arm unter dem Kopf hervorgezogen, hatte mich mit weicher Stimme eingeladen, zu ihr ins Bett zu kommen. – Ich war umständlich zu ihr hinübergekrochen, lag beklommen unter der schweren Decke, die kaum wärmte. Und sie hatte dann bloß ihren Arm um meine Brust geschlungen und war gleich, ein wenig schnaufend, eingeschlafen.

Der Staub im Schlafzimmer, das wer weiß wie lange nicht mehr gelüftet worden war, hatte mir die Nase verlegt. Der Mond stand hell und tief in dem eigens offengelassenen Fenster. Eine schneidend kalte Luft, die die Haut zum Zerreißen anspannte, strömte unablässig von draußen in den Raum. Die ungewohnte Nähe zu einer Frau, die ich doch kaum kannte und wegen ihrer herrischen Art nicht mochte, ließ mich nicht einschlafen. – Ich dachte an den Abend davor. Ich dachte wieder an jenes Buch, das ich einmal, wie im Zorn über meine Mutter, in einer einzigen Nacht ausgelesen hatte. »Es ist nicht wahr!« sagte ich laut. Die Tante in meinem Rücken rührte sich. Wie konnte sie denn nur schlafen? Hatte sie kein bißchen Angst? – Ich dachte an Zerdahel und fragte mich, ob seine Betrunkenheit Verstellung gewesen war. An manchen Stellen hatte ich den Eindruck gehabt, daß er log. – Ich stellte mir sein Gesicht vor, fing bei der langen, gebogenen Nase an, beim kleinen, geschürzten Mund. Er hatte ein hornartig vorgestülptes Muttermal, das wie ein kleiner, runder Knopf zwischen seinen Augenbrauen angenäht schien. War das das Gesicht eines Lügners? Ich wußte nicht. – So lag ich wach, während die Tante hinter mir leise schnarchte und im Traum manchmal wie ein Hund schnüffelte. – Wann würden die Göds kommen? Wie spät war es wohl? Eins? Drei? Eine kleine Glocke, wie über dem Ohr angebracht, gab Antwort. Es war halb zwei. Nichts rührte sich. Also würden sie nicht kommen. Ich triumphierte. – Kurz nach halb vier, es war schon wieder taghell, schlief ich mit offenen Augen ein.

– In der Früh hatten dann aber sechs Stühle, ein runder Tisch, eine Kommode und mein Regenschirm gefehlt, den die Tante unter dem Stiegenaufgang versteckt hatte. Der Inhalt der Kommode – hauptsächlich Photos, aber auch eine alte, brüchige Lederumhängtasche und die verrostete Wehrmachtspistole meines Onkels – war auf den Boden ausgeleert worden. Die Küchenwaage war verschwunden, ebenso der Oberteil einer weißlackierten Kredenz und ein großer, geflickter Einsiedetopf. Sie mußten zweimal hier gewesen sein – und ich hatte nichts gehört!

Besonders der Tisch ging uns ab. An ihn hatte mich die Tante gestern abend noch zu ihren letzten Instruktionen gerufen, kurz nachdem alle Gäste fortgegangen waren und wir den Ballsaal wieder in Ordnung gebracht hatten. – Von nun an, stellte die Tante am Morgen fest, als wir unser Frühstück stehend am breiten Fensterbrett in der kahlen Küche einnahmen, würden wir uns mit dem Provisorium aus Brettern und Holzböcken behelfen müssen, das gestern im Saal für die Göds aufgestellt worden war.

›Das Patt der Bieresch‹

»Komm her zu mir, Hans«, hatte die Tante zur Einleitung am Vorabend gesagt und einen Stuhl so hingerückt, daß ich ihr gegenübersaß und wir mit den Knien beinahe aneinanderstießen. »Ich muß dir jetzt etwas sagen, das sehr wichtig ist.« – Ihre Stimme war tief und rauh, und irgend etwas an ihrem Verhalten sagte mir, daß das, was jetzt kommen würde, etwas sehr Unangenehmes war. Offenbar erriet sie wieder meine Gedanken, denn sie fügte hastig hinzu: »Du brauchst keine Angst zu haben, für dich ist es nicht weiter schlimm!« – »Ja, Tante«, sagte ich. – »Zerdahel«, begann sie, »hat dir heute vieles erzählt, das für dich noch sehr, sehr notwendig sein wird, aber, wie du dir denken kannst, längst nicht alles. Bei den Namen kennt er sich tatsächlich gut aus, da hält er eine Ordnung wie sonst keiner, aber wahrscheinlich hat er kein Wort über die Monotomoi verloren, darüber wird dir morgen Und Umgekehrt erzählen, und sicher weißt du noch nichts von den Spiegeln. Dafür ist Jel Idézö da, und ein wenig muß auch ich dir darüber berichten.« Ich nickte stumm, verwirrt, daß die Tante über den Inhalt von Zerdahels Rede so genau Bescheid wußte und daß sie so offen zugab, wovon ich bis dahin noch keine Ahnung gehabt hatte: daß ich hier offenbar vom einen zum nächsten wie ein Kind weitergereicht werden sollte, das eine Lektion nach der andern erhielt, bis es schließlich brauchbar geworden war. »Siehst du«, fing die Tante wieder an, »vieles von dem, was du heute vom Juden gehört hast, und auch von dem, was ich dir nun zu sagen habe, wird dir beim ersten Mal verworren und unklar erscheinen, denn du hast noch, wie man bei uns sagt, ›ein schlafendes Auge‹. Aber bald wirst du dich besser auskennen, und dann wirst du auch aufhören, uns so schrecklich zu hassen. – Du hassest uns, Hans!« sagte die Tante vorwurfsvoll. Ich schüttelte den Kopf, aber es war wahr. Mehr als einmal war an diesem Abend Haß, ungewohnt und ekelhaft wie Brechreiz, in mir hochgestiegen. – »Schau, Hans«, sagte die Tante bekümmert, »du mußt versuchen, auch uns zu verstehen. Was sollen wir denn nur machen? Auf uns liegt der Fluch seit dem allerersten Tag! Jede Zeile, jedes einzelne Wort in unseren Schriften verflucht den Bieresch. – Heimweh gibt es nur zuhause, sagen wir, weil wir nicht fort können von hier, weil wir auf ewig ins Labyrinth unserer unglücklichen Biereschgeschichte eingesperrt sind. Wir haben Heimweh nach uns selber, weil keiner sein kann, wie er ist, jeder bloß die Eigenschaft seiner Umgebung spiegelt. – Man hat unsre Gesellschaft mit Bienenwaben verglichen, und es ist etwas Wahres daran. ›Nimm eine einzige heraus‹, sagt Zerdahel oft, ›und du zerstörst den ganzen kunstvollen Bau!‹ – Wenn sich draußen bei Euch einer fragt, wer er ist, so bekommt er die Antwort, die ihm gebührt, auch wenn sie nicht unbedingt schmeichelhaft für ihn ist. Ihr habt mehr Spielraum. Hier ist es anders – wir wohnen enger beisammen, historisch gesprochen. Die Wand, die dich nach außen hin abgrenzt, das ist die Wand deines Nachbarn. Reißt sie ein, so stehst du noch lang nicht im Freien, sondern im Raum nebenan. – Es gibt in den Schriften einen Text dazu. Er heißt: ›Wer Fragen stellt‹, beziehungsweise: ›Blick in den Spiegel‹. – *›Die Veränderung‹*, beginnt er, *›worin bestand sie? Es ist schwer zu sagen. Etwas geriet ins Rutschen. Da saß ich, warm und hell, ganz bei meiner Pfeife und der warmen hellen Mauer, als plötzlich irgendwo irgend etwas, etwas Kleines, etwas Winziges in Rutschen geriet. Sch-sch-scht – HALT! Ich hoffe, das ist klar genug.‹* – Es hat keinen Sinn, daß ich dir jetzt den ganzen Text aufsage. Er läuft jedenfalls darauf hinaus, daß bestimmte Fragen nie gestellt werden dürfen, weil durch sie der gesamte Bestand gefährdet würde. Dabei hängt es freilich nicht von den Fragen ab, sondern vom Frager. Und Umgekehrt, zum Beispiel, darf immer und alles fragen. Seine Fragen sind prinzipiell harmlos. Ein anderer wiederum darf nicht eine einzige Frage stellen, weil seine Fragen so gewalttätig sind, daß sie ihre Antworten im vorhinein schon vernichten. Es ist ein empfindliches Gleichgewicht, das wir hier aufrechterhalten, und schon deshalb muß ich dich bitten, zu uns nicht ungerecht zu sein. Ein einziges deiner tollen, vorschnellen Worte kann uns alle ins Unglück stürzen – dich mit, denn du gehörst jetzt nun einmal ein Jahr lang dazu. Du bist einer von uns, wirst es immer bleiben. Jeder sieht ein, daß du im Augenblick noch nichts anderes wollen kannst als fort von hier. Aber genauso geht es ja mir, jede Minute! Genauso geht es Zerdahel und De Selby. Und doch bleiben wir alle da. – Vielleicht kannst du das noch nicht verstehen, aber es wird dir auch nicht viel anders ergehen. Denn eines begreift man schnell, und auch du hast es längst begriffen, selbst wenn du noch nichts davon weißt: Es gibt keine Hoffnung. Der Himmel über uns Bieresch ist zugezogen. – Aber es gibt einen Trost: Das Leben, das wir hier führen, ist menschenwürdiger als jedes andere denkbare Leben. – Du bist jetzt schon ein gutes Stück mehr Mensch als noch vor sechs Stunden. Du bist nicht mehr so hart und unerbittlich!« Die Tante beugte sich aus ihrem Sessel vor und legte mir die beiden Hände auf die Schultern. Sie sah mir fest in die Augen und sagte: »Wir sitzen in der Geschichte fest. Es gibt kein Vor und Zurück. Es gibt keinen Fortschritt, es gibt keinen Rückschritt. Uns kann niemand helfen. So steht es geschrieben, und so stimmt es auch. – *Das Geheimnis eurer Arbeit,* heißt es in einem Text, *liegt darin, daß sie euch unschuldig spiegelt, dessen ihr schuldig seid!* Das ist ein wichtiger Satz, selbst wenn er uns beiden nur schwer verständlich scheint. Er beinhaltet im Grunde schon das, was die Birne ›das Patt der Bieresche‹ nennt. – Was meint er damit? – Ich erklär' es dir gleich«, sagte die Tante. »Hör dir zuerst den Text fertig an. Es heißt weiter: *So erzeugt sie euch, die ihr sie verrichtet habt. – Von Haus aus gutmütig, wird sie böse, weil sie zu ihrer Natur werden läßt, was ihr als eure Natur ausgebt und doch nur euer Versäumnis ist!* – Es klingt vielleicht kompliziert, ist aber die Wahrheit. Mit anderen Worten, vereinfacht, aber nicht verfälscht, heißt das: Was du tust und wie du es tust, was wir alle tun und wie wir es tun, das wird unseren Arbeiten anverwandelt, das geht in sie über. Es ist wie das Gefühl, das man hat, wenn einem einer die Hand gibt und man spürt, daß man dadurch ein andrer geworden ist. – Und die Birne, was sagt sie? Die Birne sagt, daß der Händedruck gegenseitig sei. Du hast sicherlich schon bemerkt, wie unendlich viel Arbeit bei uns in den kleinsten und oft unscheinbarsten Dingen steckt – denk an die Griffe deiner Scheibtruhe, schau dir morgen Und Umgekehrts Billardstock genauer an! Daran merkt man, daß das, was die Schriften behaupten, zutrifft. Wir stecken uns selbst in die Dinge, wir sind ein Teil unserer Arbeit. Und wenn es auch manchmal so scheint, als ob wir mit dem, was unsere Vorfahren machten, ganz und gar achtlos umgingen, so ist doch gerade das Gegenteil wahr. Achte einmal bei deinen Botengängen genau darauf, wie selbstvergessen die Bieresch oft dasitzen, einen Hobel, einen Schraubenschlüssel in ihren Händen, und wie sie daraufstarren. Sie hören die Dinge reden. ›Er hört die Stimme des Vaters‹, nennen wir es. Und plötzlich springt der, der soeben noch in sich versunken dasaß, auf, wirft das Ding fort und rennt davon. ›Der Vater ist böse‹, sagen wir dann. – ›Die Ursache dafür, daß es für uns keinen Fortschritt gibt‹, sagt die Birne, ›liegt darin, daß wir im Anschauen der Dinge selbst zu den Dingen werden und durch sie hindurch zu ihren Erzeugern!‹ Das Leben lehrt uns Schritt für Schritt zu unseren Vätern zu werden, und die nach uns kommen, werden sein, wie wir waren. – Es ist der Augenblick der Verschwisterung der Menschen. – Es ist unser Glück. – Frag mich noch nichts, frag nachher!« unterbrach sich die Tante, als ich meinen Stuhl ein wenig rückte, um bequemer zu sitzen.

»Es ist sehr schwer, da zu begreifen, daß es überhaupt Unglück geben kann«, fuhr sie fort. »Aber es gibt Unglück in Mengen. – Weil in unserem Kopf alles so nahe beisammenliegt, weil uns nichts näherliegt, als alles miteinander in Verbindung zu bringen, weil das Gefühl der Verbrüderung den blasphemischen Wunsch nach unzerteilbarer Harmonie erweckt! – ›Die Arbeit also ist dir ein Spiegel‹, heißt es im gleichen Text weiter unten, ›drum sollst du zweimal den Spiegel zerbrechen: einmal für sein verdrehtes Bild, ein andermal für seine Blässe!‹ – Ein Widerspruch? Mitnichten. Aber man hat es so ausgelegt. Minim und Malchim haben es getan (das sind ›die Abtrünnigen‹ und die ›Denunzianten der Schrift‹). Die ersten verkündeten aufgrund dieser Zeilen, die Erlösung liege längst hinter uns, der Untergang sei unausweichlich, jeder Blick auf die böse Welt führe weiter ins Böse, sie legten das Hauptgewicht auf den ersten der beiden Teile. Die zweiten schlossen aufs Gegenteil: Alles müsse zerschlagen werden, glaubten sie, bevor auch nur die winzigste Kleinigkeit besser gemacht werden könne. – Aber nichts wird je besser, nichts wird je schlechter, – was war, ist, was ist, wird sein. Die Geschichte ist eine alles ausgleichende Ungerechtigkeit, ›das Patt der Bieresch‹. – ›Bleibt beim alten‹ ist ein Name, der bis uns sehr gebräuchlich ist. Oslip hätte so heißen sollen. Mein Oslip!« – Ich horchte auf. Die Erwähnung dieses Namens verhieß mir nichts Gutes, und tatsächlich wand sich gleich darauf meine Tante wie unter Krämpfen auf ihrem Stuhl. »Das Schwierige für alle war immer und ist noch«, sagte sie und unterbrach sich: »Schau nicht so! – Das Schwierige ist, die Dinge zu sehen und zu lassen, wie sie sind. Wie soll man ein Bild vom Leben gewinnen, wenn man immer gleich mit den Händen hineinfährt? – Spannungen, die zwischen allem bestehen, ertragen ist eine eigene Kunst. Und wir Bieresch haben es in ihr doch weiter gebracht als die andern. ›Dein Blick ist sein Magnet. Er zieht an, was in Reichweite liegt‹, sagen wir, und weil wir diese Gefahr erkannt haben, haben wir gelernt, die beiden Pole zusammenzubiegen. – Unsere Schuld ist anderer Art: ›Backt Brot aus dem Korn meiner Worte‹, empfehlen die Schriften ironisch. – Unsere Schuld, die Schuld von Leuten wie Zerdahel, war es und ist es, Heiliges mit Unreinem zu mischen.« Die Tante sprach jetzt verworren und unklar. Sie wiegte beim Sprechen den Kopf hin und her, und es hatte den Anschein, als ob eine unkontrollierbare innere Kraft diese Bewegung verursachte, eine schwere, große Metallkugel, die losgelassen in ihrem Hirn hin und her rollte. »Stell dir nur vor: In Zagersdorf, das früher einmal ›tükörszabó‹ (das ist ›der Spiegelschneider‹) geheißen hat, und in Trausdorf – es heißt in Wirklichkeit Trugsdorf«, rief die Tante, »man hat einen Mantel der Lüge über den Namen gebreitet! – haben die Bieresch riesige Spiegelerzeugungsbetriebe aufgebaut. Abscheulich ist das, gemein!« Die Tante spuckte die Worte gleichsam aus, und Speichel flog mit ihnen mit. Sie redete mit einem Eifer, als geschähe dies Unrecht jetzt, zwischen uns. »Wir haben verbotene Experimente angestellt. Wir haben Spiegel erzeugt, die die lästerlichsten Kunststücke vollbrachten, die du dir vorstellen kannst. Wir haben Mittel gefunden, Spiegel zu machen, die niemals verblassen, die nicht seitenverkehrt, sondern seitengerecht reflektierten. Es gab Spiegel, die zwinkerten, wenn man hineinsah. Spiegel, die tagsüber schwarz blieben und nachts die leuchtendsten Farbbilder malten! – Biereschek-Spiegel! – Spiegel, die ihr Bild vollständig durchließen und erst auf der Rückseite zeigten. Wir haben die reinen Texte zu schmutzigem Geld gemacht. Und warum? – Weil wir Trost für die blutige Stirn suchten, die wir uns an den Mauern der Texte wundschlugen. – ›Die Texte sind Irrgärten‹, sagte Gikatilla, ›ein flacher, schimmernder Strom zu Anfang, mit ruhigem Wasser, ruhigem Gang. Aber gib acht! Verirre dich nie im schwankenden Rohr ihrer Satzzeichen! Gib acht auf den Fallstrick des Beistrichs! Endlose Gänge führen von Punkt zu Punkt. Dünnes Eis ist jeder Gedankenstrich, *und durch seinen Spiegel siehst du in Dunkelheit!*‹ – Wörter sind Spiegel, und ein verspiegelter Raum ist der Satz. – Wollten wir die Welt wirklich erfassen, müßte der Kopf so groß sein wie sie! – Und wie groß ist er, – es ist ein Witz!« Die Tante hatte sich erhoben und war zu ihren Worten wütend, wie eingeschlossen, auf und ab gerannt. Langsam begann sie sich wieder zu beruhigen. »Und Umgekehrt hat schon recht!« sagte sie dann. »Gehn wir schlafen.«

Jel Idézö

Die Erinnerung an den vergangenen Abend war stark und klar wie ein Tagtraum, während ich versuchte,

De Selby einzuholen, der mir zum Wasenmeister vorausgeeilt war. Ich bewegte mich in ihr nach Belieben. Es war, als wäre eine andere Art Fenster in mir aufgezogen worden, ein Fenster, durch das ich nicht nur alles sehen, sondern nach Wunsch zu mir heranziehen konnte, um die Dinge näher zu betrachten.

In der Ferne vor mir tauchte, während ich träumte, ein kleiner, schwarzer, schwankender Punkt auf, aber ich konnte nicht entscheiden, ob es wirklich der Mesner war. Es war mir wegen der Aufenthalte bei den Häusern der Bieresch, die immer wieder die Zeit verbrauchten, die ich auf der Wegstrecke dazwischen gutgemacht hatte, unmöglich, ihn einzuholen. Ich rief auch den Namen des Mesners, so oft und so laut ich konnte, aber der Wind verschlug meine Rufe wohl, denn selbst in den Häusern, in denen man meine Stimme hören mußte, rührte sich niemand. Schließlich tat ich den dunklen Flecken als Täuschung der Sinne ab. – Als ich endlich bei Jel Idézös Haus, das etwas abseits vom Dorf in einer kleinen Mulde lag, anlangte, sah ich seinen, De Selbys, Kopf in der Senke vor mir verschwinden. Also war er es doch gewesen, und sicher hatte er auch mein Schreien gehört, war aber trotzig wie ein beleidigtes Kind weitergegangen, wie um mich zu bestrafen.

Jel Idézö war zugleich Wasenmeister* und Totengräber der Bieresch von Zick. Seine armselige, feuchte Bude entsprach ganz den Erwartungen und Vorurtei-

* So nennen die Bieresch den Abdecker.

len, die der Durchschnitt für seinen Berufsstand hegt. Es war eine kleine, aus roh bearbeiteten Brettern gezimmerte Hütte, die von außen oberflächlich mit Lehm beworfen worden war. – In der wegen des Platzmangels ins Freie hinaus zu öffnenden Türe stand die Frau des Wasenmeisters, die De Selby schon ins Haus gebeten hatte. Knapp hinter ihr im Schatten stand der Wasenmeister selbst. Sie war schon klein, er noch um einen Kopf kleiner als sie und, im Gegensatz zu ihr, ganz und gar hinfällig. Eine rötliche Einschußnarbe verlief schräg über seine Stirn und endete an der Nasenwurzel. – »Kommen Sie herein, kommen Sie herein!« sagte er und griff mit seinen beiden Händen nach meiner Rechten, die er nicht losließ, bis er mich in sein Wohn- und Schlafzimmer geführt hatte, wo schon De Selby an einem aus der Wand klappbaren Eßtischchen saß. Der Totengräber hatte lange, dünne, aber sehr kräftige Arme, die wie Prothesen wirkten. Im Zimmer hing ein schwerer, süßlicher Geruch von Räucherstäbchen, deren Herstellung zu Jel Idézös *Hobbys* zählte. Auf dem Tisch lag De Selbys Beweisstück, der tote Hund. – Schon nach wenigen Augenblicken bekam ich kaum noch Luft und sah mich nach einem Fenster um, das man hätte aufmachen können. Aber die einzige Öffnung, die es gab, war ein kleines, fast quadratisches Viereck, in das ein feststehender, verglaster Rahmen eingelassen war. Das Glas war dick und geriffelt, es sollte nur das Licht von außen hereinlassen, das Hinausschauen aber verhindern. Auch in Und Umgekehrts Laden waren mir diese winzigen Fensteröffnungen aufgefallen. Sie sollten wohl das Träumen unmöglich machen, zu dem die Blicke ins Freie wie eine Sucht anregten. – Ich saß, die Hände zwischen den Beinen, auf einem unbequemen, hockerartigen Holzstuhl und sah mich weiter im Raum um, dessen vier Wände von der niedrigen Decke bis zum Fußboden von Photographien bedeckt waren, die der Wasenmeister mit einer Stecknadel befestigt hatte. Jede war wie ein Fenster in eine traurige Umgebung und eine traurige Vergangenheit. – »Wir haben schon von Ihrem Malheur gehört«, unterbrach Jel Idézö meine Gedanken, und ich bemerkte gleich, wie geschickt er mit einem einzigen Satz die beiden Verhandlungsparteien von vornherein festlegte. Er sprach dann schnell weiter, sich oft verhaspelnd und überschlagend und wie unter Zeitdruck. Dazu griff er in einem fort nach den Gegenständen, die auf dem Tisch standen. – Wir hatten kaum Platz in dem kleinen Raum, und so setzte sich die Frau des Wasenmeisters auf einen niedrigen Küchenhocker in den schmalen Gang, der neben dem Zimmer zur Haustüre führte. »Wir haben es etwas eng hier«, sagte Jel Idézö, »aber es geht schon, es geht schon!«

Viertes, längeres Gespräch

Während wir miteinander sprachen, und während der ganzen Zeit sprach fast ausschließlich der Totengräber, De Selby sagte überhaupt nichts, und ich unterbrach ihn nur hin und wieder mit Zwischenfragen, fuhr er mit seinen kurzen, klauenartigen Fingern, deren Bewegungen, vielleicht wegen der glatten

Haut, sanft und sicher wirkten, dann und wann in das Fell des Hundes und kraulte es. Und jedesmal, wenn der Mesner diese gedankenverlorenen Bewegungen sah, standen ihm die Tränen in den Augen. Als es der Wasenmeister zum ersten Mal bemerkte, sagte er schnell, wie um nicht ein gutes Geschäft zu verlieren: »Wir besorgen Ihnen gern einen anderen, Herr! Wenn Sie wollen.« – De Selby schüttelte darauf nur den Kopf und legte auch eine Hand auf das Tier, um es zu streicheln. Während des ganzen folgenden Gesprächs blieb diese Hand, unbeweglich wie etwas Totes, auf derselben Stelle liegen. – »Ich werde ihn noch heute begraben«, sagte der Wasenmeister dann zur Einleitung, »Sonnenuntergang ist eine gute Zeit.«

Danach wandte er sich ausschließlich mir zu, auch wenn er mich nicht direkt ansprach, und während der folgenden zweieinhalb Stunden ließ er mich keine Sekunde lang aus den Augen. Nach den Erklärungen meiner Tante kam das zwar nicht mehr überraschend für mich, er war eben ein Lehrer, der seine Aufgabe besonders gewissenhaft machte, aber es reizte nur um so mehr meinen Widerstand gegen alles, was er sagte.

Der Wasenmeister holte weit aus und erzählte zuerst, daß man in dieser Gegend für tote Haustiere früher einmal eigene Holzgerüste errichtet hätte, die wie die Hochsitze der Jäger aussahen. Dagegen habe man Menschenleichen sitzend oder stehend in der Erde begraben, in eigens für diesen Zweck gebauten, unterirdischen Lehmnischen, die mit einem kaminartig zulaufenden, nach oben hin offenen Seelenloch ausgestattet gewesen seien. Es störte mich, daß er in De Selbys Gegenwart so ungeniert von vergangenen Begräbnisritualen berichtete und keinerlei Rücksicht auf das Schicksal des Mesners nahm. Dementsprechend herrschte auch jedesmal, wenn er sich kurz unterbrach, ein unangenehmes, betretenes Schweigen, das nur von dem Knacken unterbrochen wurde, das der Mesner durch abwechselndes Falten und Strecken seiner Hände erzeugte. – »Es waren vernünftige Einrichtungen, vermute ich«, fuhr dann Jel Idézö fort, unbeeindruckt von derlei Hinweisen. »Die Tierleichen wollte man wahrscheinlich vor krankheitsübertragenden Aasfressern schützen, für die Menschen kam Luftbestattung leider ohnedies nie in Frage, weil ihr Verwesungsgeruch einfach zu stark ist, außer man balsamiert sie ein.« – Er führte dann weiter aus, daß diese Bestattungsformen von den Schriftenkundigen schon früh im Sinne des Oben-Unten-Schemas der Legenden ausgelegt worden seien, eine Deutung, die für die Bieresch charakteristisch sei, da diese zwanghaft Leerstellen, die durch den Verlust rationaler Begründungen entstanden wären, mit allerlei Unsinn auffüllten. ›Willst du gute Ernte haben, mußt nicht Tiere mit Menschen begraben‹, heiße eine der bekannten Volksweisheiten, die Ungereimtes in einen Topf würfe. Dabei ersetze der Reim den Sinn, der unterwegs in der Geschichte verlorengegangen sei.

»Zerdahels Vater hieß so«, fuhr der Totengräber fort und stand auf. Kurzsichtig suchte er unter den vielen Photographien an der Wand eine heraus, löste sie umständlich von ihrer Nadel und brachte sie her.

»Das ist er«, sagte er und reichte sie mir. Es war das Bild eines kleinen, dicken Mannes, der aus einer jener Jahrmarktsbuden, in denen gesponnener Zucker und türkischer Honig verkauft wird, heraus zu jemandem sprach, der nicht mehr im Bild war. Der Mund war etwas geöffnet, auf dem Kopf trug der Mann jenen Hut, den ich gestern an Zerdahel gesehen hatte. Im Hutband steckte eine Monyorókérek. »Er war Askenase, seine Frau eine Sephardim«, sagte der Wasenmeister. »Er hieß ›Unterwegs verloren‹. – Wissen Sie übrigens, wie Ihr Vater geheißen hat? – ›Doppelt genäht‹ – das hält besser«, sagte Jel Idézö und lachte. »Das ist auch typisch für die Bieresch«, fuhr er, wieder ernst, fort, als er bemerkte, daß ich für seine Witze nichts übrig hatte. »Diese Namen! – Damit wollen sie sich wohl merken, was sie falsch gemacht haben: Jeder Name hat seine Legende. – ›Man sieht unscharf, wenn man zu nahe am Text steht: Achtung! Ein Abgrund lauert hinter dem Wort!‹ lautet eine Stelle aus den Schriften der Bieresch. Und damit man die Warnung nicht vergißt, nimmt man eine Wendung des Textes – ›sieht unscharf‹, zum Beispiel – her und macht daraus einen Namen. – Genau das Verkehrte! – Wenn ich einmal dringend etwas vergessen möchte, dann sage ich es mir so lange im stillen vor, bis ich nichts mehr empfinde. Und dann weiß ich sicher, daß ich es vergessen habe. – ›Er ist so freundlich / und sie ist so nett /‹ «, begann er zu singen, » ›sie ziert sich nicht lange / und macht ein Minett!‹ Das ist ein Totengräberlied.« Die Toten *›machen Minett‹*, sagen wir. Das ist auch so eine Redewendung, die keiner versteht!« sagte er nachdenklich, jetzt wieder bei seinem Lieblingsthema. – »Warum ›Minett‹? – Es war die Pflicht von uns Totengräbern, den Verstorbenen einen Stein in den Mund zu legen? – Warum? Um den Verwesungsbeginn zu beschwören? Aus einem ähnlichen Grund, weshalb man uns Photographien des Toten zum Aussuchen brachte? – Ich habe auch eine Photographie Ihres Vaters da«, sagte er, »er war ein Freund zu mir.« Der Wasenmeister stand auf und ging zu einem der beiden Betten, die Kopf an Kopf an der anderen Wand standen. Er hob den Überwurf, der wie der Vorhang in einem Kinderzimmer mit ballspielenden Seehunden, spitzen Zauberhüten, in die Luft geschleuderten Spazierstöcken, Elefanten und dicken Negerkindern verziert war, auf und holte eine schwarze, mit roten Blumen bemalte Holzkassette darunter hervor, in der er eine Weile vergeblich herumwühlte. »Ich weiß nicht, ich finde es im Augenblick nicht. – Was heißt nun ›Minett machen‹ wirklich?« fing er wieder an. » ›Minette‹ ist ein keltisches Wort und bedeutet dort ›die Erzader‹. – Wo ist der Zusammenhang? Die Steinoblate? – Ist es eine Umkehrung der christlichen Hostienspendung? – Typisch für die Bieresch, daß sie den lebendigsten aller Riten in sein Gegenteil verkehren und für die Gelegenheit von Totenfesten aufheben. – Aber was wissen wir schon, was in den Köpfen unserer Vorväter vorging! Nichts wissen wir, jedenfalls nicht genug, um das Recht zu haben, ihre jetzt sinnlos gewordenen Formeln unsinnig nachzubeten. Deshalb begrabe ich die Toten liegend, und die Tiere müssen auch in die Erde.

Dazu lasse ich eigens Plastiksäcke aus der Hauptstadt kommen. – Wir wurden nicht ausreichend informiert!« rief er theatralisch aus. »Unser Wissen ist Bruchwerk, Stückwerk! Wir begreifen die großen Zusammenhänge nicht mehr, weil die Überlieferung nicht funktioniert! – Unsere Väter, sagt man, haben in die Schriften Wörter eingebaut, die die Wirkung von Spiegeln haben, damit sie unübersetzbar würden und man sie so nicht verfälschen kann. – Ich sage ihnen, manchmal sind Sätze, die man da liest, so zerbrechlich, daß man das Gefühl hat, sie würden beim bloßen Aussprechen springen, und legt man die Finger auf bestimmte Laute einzelner Wörter, so meint man, sie flögen davon und blieben zugleich bei ihnen. Zu bestimmten Zeiten sind diese Worte und Sätze so unglaublich empfindlich, daß schon eine einzige falsche Betonung den ganzen Sinn zerstört. – Wir haben hier einen Abzählreim für Kinder, der davon erzählt: *Sind Worte Spiegel / werden Schatten Worte.* Anders ausgedrückt: Läßt man den Schriften nicht ihren Sinn, sondern legt seinen eigenen hinein, so verkehrt sich der Text zum Trugbild, und der Schatten des Lesers, der auf ihn fällt, wird zur zwingenden, übermächtigen Botschaft. – Wie gesagt: Die Überlieferung funktioniert nicht. – Die Schriften hat man uns überlassen, nicht aber die Anleitung, wie sie zu lesen sind. Lösungen haben wir, aber der Lösungsweg fehlt. – Hätten wir ihn noch dazu, wir würden auf allen Gebieten der Wissenschaft uneinholbar weit vorne liegen, glauben Sie mir! So aber halten wir bloß ein dummes Stück Holz in der Hand, das nichts vom Zauber der Bewegung des tanzenden Kreisels erzählt. – Da ist es am besten, man hält sich an Gikatilla, wirft das tote Ding weg und geht. So habe ich es zumindest gehalten: Ich begrabe die Toten liegend, ich habe es angedeutet, so wie man es sonst überall auf der Welt tut, denn so bleiben sie wenigstens still. – Und ich habe es auch durchgesetzt, daß der Friedhof weiter vom Brunnen wegverlegt wird!« sagte Jel Idézö selbstzufrieden.

Dieses Vorhaben, erklärte er eifrig weiter, sei bei einem so halsstarrigen Volk wie den Bieresch bestimmt nicht leicht durchzuführen gewesen, und es habe ihn größte Mühe gekostet, es zu verwirklichen. – Die Brunnen würden in den Legenden zu den verschiedensten Gelegenheiten ›die Augen Ahuras‹ genannt, und wegen des ungewöhnlich hohen Salzgehaltes verehre man hier das Wasser als Tränen, die Gott geweint hat. Die Toten habe man so nahe wie möglich an Gottes Augen heranbringen wollen, um sie seinem Schutze anzuempfehlen. – Und trotz dieser verschiedenen, tief in der Biereschek-Seele verwurzelten Aberglauben sei es ihm gelungen, indem er seine Mitbürger mit deren eigensten Waffen geschlagen habe.

»Sie kennen die Legende von Yglemech und Tam«, fuhr er fort. »Yglemech – eigentlich Yglemeech – ist ein Ortsname, Ilmücz, ebenso Tam, eine Verballhornung von Strem, eine Ortschaft weiter unten im Süden. – Die Legende der Begegnung der beiden bezieht sich auf eine wahre Begebenheit, die sich in den sechziger Jahren des vierzehnten Jahrhunderts zugetragen hat. Damals verließen die Bewohner von

Ilmücz auf Anraten eines der Bieresch das Dorf. Die Brunnen waren vergiftet. Das ganze Gebiet war ein einziger, riesiger Sumpf aus Leichenwasser und giftigen Gasen!« – Die Handvoll Erde, die Yglemech aufgehoben und die zu brennen begonnen habe, stehe für den damals äußerst gashältigen Sumpfboden, führte der Wasenmeister weiter aus. Daß das Brunnenwasser auf des Anochis Hand zur Blutkruste erstarrt sei, beziehe sich auf die fortgeschrittene Vermischung von Grundwasser und Friedhofsabwässern. Die Legende sei also als eindringliche Warnung des Anochi von Ilmücz vor den Folgeerscheinungen der herkömmlichen Bestattungsweise anzusehen, gerichtet an den Anochi von Strem und an dessen Mitbürger, die den Rat allerdings nicht befolgt hätten. Deshalb seien sie ausgelöscht worden. – Der wiederholte Hinweis, daß für Yglemech die Zeit zum Stillstand gekommen sei, habe drastisch vor der bedrohlichen Todesnähe warnen wollen, und die Wendung: »Hier ist Montag. Ein Krachen geht durch seine Ewigkeit!« sei ein Sinnbild für das Sich-Öffnen der Gräber, deren giftiger Ausfluß alles Leben zu vernichten drohte. – »Und die Warnung ist rechtzeitig gekommen!« rief Jel Idézö aus. Wieder fiel mir auf, daß hier jemand von etwas längst Vergangenem so sprach, als ereigne es sich gerade jetzt. – »Hätten die Stremer es bloß verstanden, die Botschaft richtig zu deuten!« jammerte er. »Aber in ihrer Blindheit haben die Bieresch das ›e‹ aus ›emeth‹ (der Wahrheit) gestrichen und ›meth‹ (den Tod) heraufbeschworen!«

Ich gab einem Impuls nach und bedeutete dem

Wasenmeister mit warnenden Blicken, er möge doch De Selbys Anwesenheit berücksichtigen, dem während dieser Erzählung immer wieder die Tränen über die Wangen rollten. Aber entweder bemerkte der Totengräber meine Zeichen nicht, oder er wollte sie aus irgendeinem Grund einfach nicht wahrhaben, denn einmal, als es wieder soweit war, fuhr er den Mesner beinahe unbeherrscht und in zurechtweisendem Ton an: »Sie müssen das alles nicht so schrecklich schwer nehmen. Er war schließlich ein Tier, und das Allerschlimmste ist für Sie jetzt auch vorbei!«

»Wissen Sie«, sagte er dann, wieder zu mir gewandt und als wollte er seinen Unmut rechtfertigen, »das ist ein alter Aberglaube in dieser Gegend, daß die Seelen der Menschen, wenn diese gestorben sind und das Karenzjahr vorüber ist, die Tiere beseelen. – Es gibt so viele Sprichwörter hier, in denen den Haustieren zugeschrieben wird, was eigentlich für die Menschen gilt. – Das fällt einem besonders bei den Bemerkungen über die Hunde auf – und natürlich über die Truthähne!« – Wieder versuchte ich, ihn irgendwie von diesem Thema abzubringen, und stieß ihn mit dem Fuß unter dem Tisch. Mein Versuch machte ihn zornig, und mit erhobener Stimme ging er jetzt auf mich los: »Man hat nicht oft Gelegenheit, diese Dinge zu hören, junger Mann! Ihre Versuche, De Selby zu schützen, sind in Wirklichkeit nichts andres als Täuschungsmanöver. In Wirklichkeit wollen Sie Ihre Haut retten!« Ich wußte nicht, was er meinte, aber der schneidende, selbstbewußte Ton, in dem er sprach, duldete keine Widerrede oder Frage.» ›Jemand einen Hund vor das Dorf tragen lassen‹, heißt bei uns eine Redewendung, sie bedeutet, andere für eigene Dummheiten und Verschulden büßen lassen. – Ja, was glauben Sie denn, weshalb De Selby heute mit Ihnen bei mir ist? Aus Vergnügungsgründen? – Er ist das Opfer eines Aberglaubens und nach diesem Ihr Opfer! – In einem Zusatz zu der Ihnen bekannten Legende wird nämlich glaubhaft versichert, daß Yglemech, von dem das Dorf schließlich seinen Namen erhielt, daß er auch von den eigenen Mitbürgern für verrückt gehalten wurde und daß er eines Tages ›unter dem Gespött der Menge‹ seinen toten Hund vor das Dorf hinaustrug, um ihn dort, weitab von den Brunnen, zu bestatten. Er war erst kurz davor nach Ilmücz gekommen und wurde von den Bieresch als Fremder behandelt. Und am Tag dieses symbolischen Begräbnisses kam noch ein Fremder ins Dorf, und seit damals gibt es bei uns den Brauch, daß der Letztangekommene beim Eintreffen des neuen Stellvertreters einen toten Hund aus dem Dorf tragen muß. Wenn man so will – und glauben Sie mir, alle wollen das! –, ist also niemand anderer am Tod von De Selbys Hund schuld als Sie, und nur deshalb gebe ich Ihnen zu bedenken, ob man nicht endlich doch mit diesen Aberglauben Schluß machen sollte. – Aber darin seid Ihr Biereschek anscheinend alle gleich: Wie die Hunde kehrt Ihr zurück zu Eurem Gespei, und den Weg markiert Ihr mit Eurem Urin!«

Seine Stimme war ganz verändert, als er das sagte. Sie war tief und schien von weit her zu kommen.

Nicht seine Stimme war es, sondern die Stimme von Hunderten gedemütigter De Selbys zu einer Stimme eingeschmolzen, und auch meine Stimme war irgendwie mit dabei. So duckte ich mich und sah zum Mesner hinüber. Hatte man ihm auch einmal so mitgespielt? Ich glaubte es. Denn mit einer Leichtigkeit, als wäre nun eine alte Rache eingelöst, sagte er: »Siehst du, auch der Herr Wasenmeister sagt es: Du bist schuld!« – Ich sah ihn an und lachte. Was hier und hier mit mir geschah, überschritt meine Möglichkeiten, und zum erstenmal wußte ich es. In die Stille hinein, die mein häßliches Lachen entstehen ließ, hörte ich die Mutter klagen: »Ihm stehlen sie die Zukunft, mir das Leben!« Das Umgekehrte war wahr. – Jel Idézö sah mich wieder neugierig von der Seite an und entschied: »Ihnen ist nicht gut.« – Ich nickte. Er erhob sich und ging durch eine verhängte Glastüre in die Küche, um ein Glas auszuspülen und mir etwas Wasser zu bringen.

»Wissen Sie«, sagte er, den Kopf zu mir gewandt, während er das Glas unter dem Wasserstrahl drehte, »ich habe es mir einmal zum Grundsatz gemacht, mein Leben nicht persönlich zu nehmen, und trotzdem habe ich es mir nie durchgehen lassen, zynisch zu sein. – Wir leben unter dem Zeichen der Fische«, sagte er und kam mit dem vollen Glas zurück. »Ég, Hal, Jár und Szél«, zählte er auf, während er das Glas auf einen kleinen gestrickten Untersatz vor mich hin auf den Tisch stellte. »Ég, wir sind ausgebrannt, Hal, wir sind stumm wie die Fische, Jár, alles geht weiter, Szél, Wind trägt Asche. – Die zweite Lektion ist beinahe einstudiert: Wir haben gelernt, stumm zu bleiben und keine Gefühle zu zeigen. – Wie sagt Urs: ›*Gefühle sind für die Freizeit da!*‹ Dadurch haben wir auch kaum welche. Freizeit ist dann, wenn einer gestorben ist. Da ist für einen Augenblick alle Welt aus den Fugen, und das tut gut. Aber auch diese Gefühle sind keine: Es sind Erinnerungen an frühe Gefühle, Vorzeitgefühle, die flüchtige Aufregung darüber, daß woanders etwas Großes geschieht. Und wenn die Wallung vorüber ist, bleibt nicht mehr zurück als der fade Geschmack der geschmacklosen Leere. Die Legende hat recht, wenn sie sagt: ›Die Gemeinde schließt sich über der Lücke wie Wasser, aus dem gerade geschöpft wird!‹ – ›Ich spüre nichts, spürst du was?‹ fragt man. Die Biereschek spüren nichts mehr, glauben Sie mir, und in diesem Zustand ist die Sehnsucht nach Schmerzen schmerzhaft. – Naghy-Vág, zum Beispiel: Er verflucht seinen Buckel jede Minute fünfmal, aber er würde ihn gegen nichts in aller Welt eintauschen. Oder sehen Sie sich diese Narbe hier an«, sagte der Wasenmeister und tippte an seine Stirn, ohne das rote Mal zu berühren. »Oder denken Sie an meinen seltsamen Namen: ›Idézöjel‹ ist zu deutsch das Anführungszeichen. – Was glauben Sie, was mir dieser kleine Scherz meines Vaters in meiner Schulzeit Spott eingebracht hat! Selbst Zerdahel macht keine Ausnahme. Er nennt mich ›das Anführungszeichen, das die direkte Rede beendet‹, weil die direkte Rede in den Schriften gerne mit dem Leben verglichen wird. Dabei tragen alle hier sprechende Namen, nur daß ich meinen von Geburt an gehabt habe. – Ich habe tausendmal für ihn gezahlt, und ich zahle weiter dafür wie für die Schuld eines andern, die niemals abgedeckt werden kann. Und trotzdem: Würden mich die Biereschek heute zwingen, diesen, meinen Namen wieder abzulegen, ich glaube, ich würde mir etwas antun. Dabei steckt hinter dieser Anhänglichkeit nichts weiter als zusammengekrümmtes Selbstmitleid, das von sich nicht mehr wegsehen kann. – Diese Narbe da«, fuhr Jel Idézö fort und sah dabei mich und De Selby abwechselnd an, »stammt aus dem letzten Krieg: Deutschland gegen Rußland.« Er sprach von einem Länderwettkampf. »Ein herrlicher Apriltag, der Himmel lacht über den Sumpfwäldern, man ist stark und unbeugsam, dreißig Jahre und drei Tage. Es ist der zweite Tag an der Front. Man sitzt mit ein paar Kameraden schnapsend vor seinem Bunker, um einen krachen die Böller, und wenn man nicht genau hinsieht, dann hält man die Leichen, die es über die Erdhügel geworfen hat, für Sommerkleider, die zum Auslüften ins Freie gebracht wurden. Ein Summen geht von der Sonne aus, es ist wie heute. Aus den Schützengräben steigt leicht gekräuselter, duftender Zigarettenrauch auf, und die zu Pyramiden angeordneten Gewehre blitzen im Licht, daß man vor Freude ein Rad schlagen möchte. – Gleich wird einer einen Witz reißen! Und da geschieht's auch schon: Neben dir geht eine Granate nieder und reißt dir den Bauch auf – greif her!« sagte der Wasenmeister und führte meine kraftlose Hand an seine Seite, wo ich unter dem Stoff die runde, metallharte Muffe eines künstlichen Ausgangs spürte. Ich fuhr mit der Hand zurück. Ein heftiges Ekelgefühl überkam mich, so daß ich aufstand und mich wieder setzte. – »Sehen Sie«, sagte Jel Idézö, »alle außer mir waren tot. – Und selbst heute noch ertappe ich mich manchmal bei der Vorstellung, daß plötzlich einer, mit dem ich gerade zusammensitze und rede, grundlos vor mir in die Luft aufsteigt und davonschwebt. So tief hat sich mir dieses Erlebnis eingeprägt. – Ich hatte gerade den Kameraden von zuhause erzählt. Ich fing einen Satz an, und als ich wieder aufsah, lag ich am Boden und spürte, wie leicht das Leben durch ein Loch in mir ausfloß. Ich redete einfach weiter. Der blaue Himmel wölbte sich nur so über mir und runzelte sich ab und zu wie eine Stirn, darunter war alles still, selbst der starke Wind, der durch die Bäume fuhr und sie lautlos und unbarmherzig schüttelte. Ich redete, und niemand hörte mir zu. Ich glaube, das hat mir das Leben gerettet, so seltsam es klingt. – Ein russischer Offizier, der wie ein Volksschullehrer in einer Erinnerung aussah, ging zwischen den Leichen herum und drehte sie mit seinem Spazierstock um, Körper für Körper. Dann stand er über mir. Ich bettelte um den Gnadenschuß. Er gab ihn, schoß daneben und rannte davon. Zum erstenmal in meinem Leben war ich allein, und wie einen Gedanken, der sich mit einem Messer seinen Weg in die Freiheit schneidet, spürte ich ein Stechen in meiner Nase, das immer stärker wurde. – Ich hätte den Russen damals vor Wut umbringen mögen. Heute würde ich mich gerne mit ihm bei einem großen Bier unterhalten. – *Rührseligkeit ist die Rückseite der Kraftmeierei,* sagt man. Die wirklichen Gefühle jedenfalls fehlen ganz. – Ich stelle mir vor, daß er mir gegenüber im ›London‹ sitzt, daß wir zusammen Späße und Pausen machen: Ich erzähle ihm die verrückten Geschichten, die die Biereschek treiben auf ungarisch, und er lacht mich in seiner Muttersprache aus. – Die Allerweltsversöhnung!« Der Totengräber lachte wie einer, der weiß, daß er lügt. Ich saß starr da, unfähig, auch nur ein einziges Wort zu erwidern. Als ich ihn ansah, fing er meinen Blick ruhig auf. Ich galt für ihn nicht mehr. »Der Russe und ich«, sagte er, »wir sind gar nicht wirklich. Uns beide hat es nur einen Moment lang gegeben. In einem Moment haben wir alles verloren, danach ist die Welt in ihre ursprüngliche Lage zurückgekehrt. – Wissen Sie, wie die Biereschek zu dem Geräusch sagen, das ein Stall voll wiederkäuender Kühe erzeugt? – ›Stehend, bei laufendem Motor!‹ Das ist es. Es ist dasselbe Geräusch, das man hört, wenn man sich ganz tief hinunterbeugt und im Erdinnern die Maschinen stampfen und flüstern. – Seit damals ist irgend etwas wie ausgekoppelt: Der Russe verkommt irgendwo auf dem Land als Polizeioberst in einem Dorf zwischen Irkutsk und Tomsk, was weiß ich. Er vögelt in der Nacht die Frau, die er tagsüber betrunken halbtot prügelt. Er vögelt und prügelt. Er möchte aus ihr herausprügeln, weshalb er damals danebengeschossen hat. Nur das will er wissen, und sie kann's ihm nicht sagen. – Dafür weiß ich es und kann nichts damit anfangen. – Manchmal liege ich in der Nacht wach auf dem Bett und kann nicht einschlafen. In mir und aus mir wächst etwas heraus, das riesenhaft groß wird. Es wächst und wächst, immer weiter, bis es bis zum Himmel hinaufreicht, bis nach Rußland und China. Es wächst, weil es ihm den einzig wirklichen Grund zurufen möchte, den es damals gegeben hat. Aber irgend etwas in mir hält ihm den Mund zu. Es kann nicht rufen. Da fällt es wieder zusammen, wird zu nichts, zu dem, was es vorher war, und alles wird ruhig. – Kennen Sie das Gefühl, daß Sie einen Luftballon mit Ihrem Nabel aufblasen müssen? Stellen Sie es sich vor! – Ich hatte einmal einen Traum: Ich spürte, daß ich mit einem Kind schwanger war und daß es bald zur Geburt kommen mußte. Rechts und links von mir stand ein Arzt, in der Hand eine Schere. ›Jetzt muß er sich bald entscheiden. Genäht wird aber nicht!‹ sagte einer der beiden, und ich wußte, daß ich mich entscheiden sollte, durch welche Körperöffnung ich das Kind zur Welt bringen würde. – Manchmal habe ich das bestimmte Gefühl, unsere Körperöffnungen wurden nur für die Neugier der Ärzte geschaffen!« unterbrach sich der Wasenmeister. – »Irgendwie konnte ich mich aber um des Kindes willen nicht entscheiden, und als ob alles davon abhinge, fragte ich ängstlich: ›Was wird es?‹ – ›Ein Mädel‹, sagte der eine. ›Ein Bub‹, entgegnete der andere bestimmt. – ›Ich kann nicht!‹ rief ich, und die Ärzte schrien: ›Du mußt!‹ Und in meiner Not spürte ich, wie sich widerstrebend und unter unendlichen Schmerzen mein längst verwachsener Nabel auftat und ich durch ihn das Kind ans Licht schob. – Es war ein Bub, und er hing an einer langen zähen Nabelschnur in einer durchsichtigen Schweinsblase, einen Daumen im Mund, die Augen geschlossen. Mit einem gemeinsamen Schnitt durchtrennten die beiden Ärzte die Schnur. Ich wurde ohnmächtig und wachte auf. – Ich hatte entsetzliche Leibschmerzen, weil ich am Abend davor vergessen hatte, meinen Darm zu entleeren.«

Ich stand auf, um hinauszurennen, aber schwach wie einer, der sich vom Krankenbett wegschleppt und am ersten Stuhl niedersitzen muß, hockte ich mich wieder hin. Meine Ohren dröhnten, der Blick fiel auf De Selbys toten Hund, der auf dem Tisch lag. Ein übler Geruch wie von Darmgasen stieg von ihm auf, aber er galt gar nicht mir. Ich rülpste leise hinter der vorgehaltenen Hand.

Der Wasenmeister war wieder aufgestanden und hatte sich in der Küche zu schaffen gemacht. »Trinken Sie das«, sagte er, mit seinem Mund ganz bei meinem Ohr, und schwenkte unter meiner Nase ein Gläschen mit Cognac hin und her. »Sie haben ja für jede Gelegenheit etwas da«, hörte ich mich flüstern. Ich biß leicht in den Glasrand und brach ein Stück davon heraus. Dann erbrach ich mich plötzlich über dem Hundeleichnam. »Wie bei der Mutter im Autobus«, sagte ich. – Die Frau des Wasenmeisters nahm mich am Arm und führte mich zu einem der beiden Betten. Mit einem feuchten Waschlappen wischte sie mir den Mund ab.

Die beiden Männer drehten sich zu uns her, und fast gleichzeitig, so als hätten sie für diesen Augenblick monatelang geprobt, legten sie ihre Ellbogen auf die Tischplatte.

Ich war eingeschlafen und wieder aufgewacht. Gleichmäßig murmelte eine lange Erklärung des Wasenmeisters dahin. Die Worte schienen in den Sätzen zu schaukeln, daß ich wieder die Augen schloß. Wieder schlief ich ein wenig. Dann erwachte ich davon, daß Jel Idézö den Kasten neben meinem Bett geräuschvoll zur Seite schob und ein seltsames Instrument, das wie eine Waschrumpel aussah, über deren Rücken eine Reihe von Darmsaiten gespannt war, hervorholte. Seine Frau saß wie vorher auf dem kleinen Hocker vor der Türe und sah ihm zu. – Jel Idézö sah zu mir her und bemerkte, daß ich aufgewacht war. »Ah, Hans ist auch wieder wach!« sagte er. – »Für jeden Bieresch, heißt es«, setzte er ein offenbar schon vorher begonnenes Gespräch fort, tat aber trotzdem so, als richte er seine Worte an mich, »für jeden Bieresch also steht ein breiter Sessel bereit. – Mich hat das Leben in die schmalste Lücke gezwängt, die zu finden war. Wahrscheinlich bin ich wohl auch kein richtiger Bieresch, sondern verkaufe ihnen bloß Hunde für ihre Seelen. – Auch ›Halbwegs‹ war einer von ihnen!« sagte er und tätschelte das tote Tier. »Den Lebenden verkauft man die Hunde, den Toten schreibt man Gedichte. – Schade, daß du nicht beim Begräbnis warst!« sagte er, zu De Selby gewandt. Ich wußte, daß er das Begräbnis meines verstorbenen Onkels meinte, und drehte mich mit dem Gesicht zur Wand. Aber kaum hatte ich mich umgedreht, riß es mich wieder hoch. »Schechina!« rief der Wasenmeister. Es klang wie bei einer Beschwörung, so mächtig waren die gutturalen Laute, die er aus sich herauspreßte. Dann, als er sah, wie sehr er mich erschreckt hatte, sagte er lachend: »So hieß Ihr Onkel. Sie dürfen nicht einschlafen!« Er griff nach seinem Instrument und schlug ein paar Töne an, und als wollte er sich in seine Musik einstimmen, sang er dann auf ungarisch ein Lied, das dadurch sehr seltsam klang, daß alle Vokale wie aus den einzelnen Worten gestrichen schienen und er die Konsonanten so nachsummen ließ, daß sich ihr Ton immer mehr von den einzelnen nachschwingenden Tönen des Instruments entfernte. Es war ein irgendwie unmöglicher Gesang, ein schnell sich aufbauendes und wieder zusammenfallendes Gebäude aus unendlich vielen Strophen, und der Wasenmeister selbst schien sich manchmal unter den Tönen zu ducken. Zweimal glaubte ich, er würde von seinem niedrigen Schemel fallen, so weit beugte er sich zurück, und die Frau draußen im Vorraum schlug wie im Krampf ihre Schürze vor das Gesicht und stöhnte: »Oh Gott, laß ihn aufhören, laß ihn, bitte, aufhören!« Als er sein Lied beendet hatte, erhob er sich schwer von seinem Hocker und lief zur Wasserleitung, um einen Schluck gleich aus dem Hahn zu nehmen. »Wie gefällt Ihnen mein Lied?« fragte er mich dann. – »Ich verstehe es ja nicht!« sagte ich. – »Bis auf den Titel ist es in der Zigeunersprache geschrieben. Der Titel ist jiddisch, er bedeutet ›die kleine Leuchte‹ – der Mond, eigentlich der Halbmond ist damit gemeint. Dann stellte er sich zu mir an das Bett und fing wieder zu singen an, diesmal ohne die vorigen Anstrengungen und auf deutsch. Auch die Weise schien eine andere zu sein, aber das mochte auch daher rühren, daß er sich nicht auf seinem Instrument begleitete. »Schechina«, war der Text, »schau, schau hin: das andere Urteil! / Das Milchgesicht / halbwegs / aus fließendem Wasser / lacht ohne Sinn: Dein Spiegel!« – Das waren alles Worte, die ich in den letzten zwei Tagen als Namen gehört hatte. – Hatte nicht Zerdahel gesagt, daß der erste Göd nach Ablauf der Frist ›die kleine Leuchte‹ heißen würde? – Ich hatte keine Zeit, weiter zu überlegen, weil sich der Wasenmeister wieder an mich wandte, um mich auf verschiedene Einzelheiten des Textes aufmerksam zu machen.

Zuerst wies er mich darauf hin, daß in den Legenden der Biereschek das Verhältnis von Sonne und Mond mit dem Verhältnis, in dem Bild und Spiegelbild zueinander stünden, verglichen würde. Dann erinnerte er mich daran, was mir Zerdahel am Abend davor über das Verhältnis von himmlischem und irdischem Ich erzählt hatte. Schließlich erklärte er mir, daß es sich bei dem Gedicht um eine Beschreibung des Lebens meines Onkels handle, wobei die erste Hälfte Lebensanfang und Lebensende markiere, der zweite Teil hingegen die Lebensmitte und die Eitelkeit all seiner Hoffnungen.

»Das wichtigste aber«, fuhr er fort, »ist der Begriff des Spiegels. Er darf in keinem Begräbnisgedicht fehlen, ebensowenig wie einer den Spiegel eines Verstorbenen behalten darf und ihn unbedingt an den Wasenmeister weiterzugeben hat. – Die Spiegel sind für die Bieresch ein Heiligtum. Sie werfen nicht nur

– wie der Mond – das Licht zurück und sind seelenlos, sondern sie betrachten auch alles, gleichsam ohne es zu kommentieren und ohne sich rühren zu lassen. Ihr Symbol zieht sich durch alle Sagen und Mythen unseres Volkes. – Einer der ältesten unserer Berichte hat ihnen eine zentrale, *die* zentrale Stellung, möchte ich sagen, im Leben der Biereschek zugewiesen. In ihm heißt es, daß sich in Urzeiten die vier Gründersippen des Biereschvolkes an einem der salzhältigen Wasserlöcher in der Umgebung, dem nicht mehr auffindbaren ›Auge Gottes‹, nach dem in Szil, am anderen Ufer des Sees, ein Gasthaus benannt ist, zusammengefunden haben. – Mit den vier Sippen sind sowohl die vier Stämme der Magyaren, Kroaten, Zigeuner und Vandalen gemeint als auch die vier Himmelsrichtungen, die vier Zeitalter und die vier Elemente, auf die sich die Namen unserer Vorväter deutlich beziehen: ›Eg‹ heißt ›brennen‹, ›Hal‹ – ›Fisch‹, ›jár‹ heißt ›gehen‹ und ›Szél‹ – ›Wind‹. – Sie standen, erzählt der Bericht, um jenes Wasserloch und teilten, von ihm ausgehend, das Land auf. ›Brennen‹ erhielt den waldreichen Norden, beziehungsweise Nordosten, ›Wind‹ die Ebene im Südosten, ›Fisch‹ das Seengebiet des Südwestens und ›Gehen‹ schließlich das Weinland im Nordwesten. Nach dieser Aufteilung, berichtet die Sage, reichten sich die Gründerväter des Reiches quer über das Wasser die Hände zu einem Rad, um sich wieder zu trennen. Dabei soll einer, der Sage nach Ég, mit dem Fuß in das Wasser getreten sein, das man kurz zuvor zu einer heiligen Stätte erklärt hatte. Ég schrie: ›Ich habe Gottes Antlitz getreten!‹ Und als die drei anderen nach ihm ins Wasser schauten, sahen sie, wie sich die Oberfläche ruhig zu kleinen Wellen kräuselte und dieses Kräuseln kein Ende nahm und wie sich die vier Gesichter, die sich im Wasser spiegelten, miteinander vermischten und zu einer neuen, abscheulichen Fratze zusammenflossen. – Ég, heißt es, hat sich bald danach in seinen Wäldern verbrannt. Hal, der sein Haus zur Buße im großen See errichtet hatte, ließ sein Leben bei einem lokalen Wasserbeben. Jár, sagt man, kam von seiner ersten Grundbegehung nicht mehr zurück, und Szél soll über dem wahnsinnigen Rauschen seiner Windmühlen, die so unglücklich gebaut waren, daß sie widrige, gegenseitig sich aufhebende Luftströmungen erzeugten und eine gespenstische, unablässig klappernde und lachende Musik machten, den Verstand verloren haben. In einem Anfall von Irrsinn, heißt es, habe er versucht, seine ganze Familie auszurotten, er habe aber am falschen Ende, beim ungeborenen Kind im Schoß seiner Frau begonnen. – Zum Glück – oder Unglück – konnte das Schlimmste noch rechtzeitig von Széls ältestem Sohn, Oda Vissza, verhindert werden. Oda erschlug seinen Vater, als dieser gerade der Frau den Bauch aufschnitt, wurde aber selbst im Alter vom Wahnsinn heimgesucht. Auch er wurde von seinem ältesten Sohn am Gattenmord gehindert und getötet. Und so weiter. – So etwa lautet die Sage über den Ursprung des Volkes der Bieresch. Sie bildet den Grundstock für die späteren Sagen und endet mit der Verkündigung des Fluches, daß sich das Schicksal der vier Gründerväter bis ans Ende der Tage wiederholen wird, denn der Frevel

Égs geschah gerade in jenem tragischen Augenblick, als sich die Hände der vier zum Schwur über dem Auge Gottes berührten. Für den einzelnen wird der Fluch damit gelöscht, daß sein Spiegel dem Totengräber zur Verwaltung übergeben wird.« – Als der Wasenmeister wieder von diesem Brauch sprach, fiel mir der helle Fleck wieder ein, den ich neben dem Eingang zum Ballsaal an der Garderobenwand gesehen hatte. War es der Spiegel meines Onkels gewesen, der da gehangen hatte? Ich legte den Kopf auf meine Arme, weil ich überzeugt war, daß es so war.

»Später«, sagte der Wasenmeister nach einer kleinen Pause lauter, wohl weil er fürchtete, ich könnte ihm wieder einschlafen, »haben sich die vier Stämme der Bieresch, die einmal das gesamte tortonische Gebiet beherrschten, vermischt. Und war es vorher jedem einzelnen klar gewesen, welches Schicksal ihn letztlich erwarten würde, so herrscht heute bei uns beinahe dieselbe Unsicherheit wie draußen bei Euch. Dem kann man auch mit Ahnenforschung nicht beikommen, einfach, weil zuviel verschiedenes Blut durch unsere Adern rinnt. Und in der verzweifelten Hoffnung, schließlich doch noch herauszufinden, wer einer ist, hat man dann das ›Jahr unsrer Toten‹ eingeführt. Und deshalb sind Sie auch hier. Es soll sich herausstellen, wer Sie sind. – Wissen Sie übrigens, was die Göds in der Bahnhofswirtschaft gemacht haben, während Sie mit Ihrer Tante unterwegs zum Ballsaal waren? – Sie haben Wetten darüber abgeschlossen, ob Sie nun ›Redet-nach-Innen‹, ›die falsche Erklärung‹,

›Kopf oder Zahl‹ oder ›Schlagwetter‹ sind. – Das letzte würde ihnen am besten in ihre Geschichte passen«, sagte Jel Idézö und fügte schadenfroh dazu: »deshalb hat auch keiner darauf gesetzt. – ›Kopf oder Zahl‹ hat die meisten Stimmen bekommen. – Ein schöner Name!« sagte er lachend.

Ich hatte mich auf dem Bett halb aufgerichtet. Ich mußte weg von hier. »Hören Sie auf«, sagte ich, und meine Zähne schlugen schnell aufeinander. – »Ich bin sowieso fertig! – Sie haben alles gehört«, sagte der Wasenmeister und nahm jetzt De Selbys Hund auf die Arme. »Bitte – gedulden Sie sich noch einen Moment, ich muß Ihnen noch etwas mitgeben«, unterbrach er mich, als ich zur Tür wollte, dann ging er hinaus und ließ mich allein mit De Selby zurück. Wir sahen uns an. Er war ein Fremder. Förmlich, so als wäre die gesamte Vergangenheit durchgestrichen, fragte ich ihn, ob er mich begleiten würde. Ich war nicht weiter überrascht, als er mir abweisend erklärte, er müsse noch Jel Idézö beim Verscharren des Hundes behilflich sein. »Also dann, auf Wiedersehen!« sagte ich schwach und ging zur Tür.

Sie ging auf, als ich hinkam, und beinahe wäre ich mit dem Wasenmeister zusammengestoßen, der in seiner Armbeuge die angekündigte Wiedergutmachung für den Mesner hielt: einen kleinen, noch blinden und fast unbehaarten Spaniel. »Hier!« sagte er mißverständlich. »Halten Sie ihn warm.« Er gab mir das Tier. Ich nahm es auf und streichelte es. Es zitterte ein wenig, vielleicht, weil ich ihm fremd war. Und was hatte Jel Idézö mir mitgeben wollen? Ich sah ihn an und wartete, aber er tat nichts dergleichen. Da begriff ich. Wieder schrie ich und hörte mich selbst schreien:

»Nein, ich nehme ihn nicht, ich will keinen Hund. Sie können das nicht mit mir machen!« – Durch den Dunst hindurch, der im Zimmer lag, sah ich Jel Idézös Hand zucken, so als wollte sie mich ohrfeigen. Dann aber legte er sie mir nur fest auf die Schulter und schob mich durch die offene Tür. »Machen Sie sich nicht lächerlich«, hörte ich ihn noch sagen, bevor er die Türe hinter mir zuschlug.

›Halbwegs‹

Ich weiß nicht, wie ich nach Hause kam. Offenbar hatte ich meinen Hund in die Scheibtruhe gelegt und ihn mit meiner Dienstmütze zugedeckt, weil es schon kalt war. – Wer, überlegte ich, würde ihn wohl umbringen? Würde der Wasenmeister zu mir das gleiche sagen, wenn mein Hund tot war? – Einmal war ich wohl stehengeblieben und hatte die übriggebliebenen Reklamezettel zusammengeballt und zu einem Polster nebeneinandergelegt, damit der Hund bequemer lag. Zuhause, vor dem Ballsaal, wo schon die beiden Lampen vor der Haustüre aufgedreht waren, fand ich das Papier ganz von dem Tier zerbissen. – Die Tante, die wohl schon lange nach mir Ausschau gehalten hatte, wartete fröstelnd in einem weiten Überzieher auf mich. »Komm schnell herein, Bub!« flüsterte sie. Es waren die ersten menschlichen Worte, seitdem ich am vergangenen Tag in Zick angekommen war. »Wie du frierst! Wie kalt du bist!« sagte sie erschrocken, als ich endlich bei ihr war. Ich zitterte zwar, aber ich fror nicht. Etwas in mir war gestorben, und etwas anderes hatte den freien Platz eingenommen. Das war es, was mich so zittern ließ.

Irgenwann unterwegs war ich auf dem Weg stehengeblieben. Die Erlebnisse bei Jel Idézö waren noch einmal an mir vorbeigezogen. Es war alles vorbei! – Ich erinnerte mich, daß ich mich mitten auf einen mondbeschienenen Weg hingehockt hatte, um mich zu erleichtern. Aber ich war schon zu spät gekommen. Die Unterhose war dreckig, die Uniformhose völlig durchnäßt. Ich hatte beide Hosen ausgezogen, die Unterhose weggeworfen und mich bei der ersten Gelegenheit im Bach gewaschen. Halbnackt hatte ich den Weg fortgesetzt. Der Uniform-Unterteil lag in der Scheibtruhe neben dem Hund.

Davor mußte ich im ›London‹ eingekehrt sein, denn ich erinnerte mich deutlich an ein Gespräch zwischen Zerdahel und Und Umgekehrt, die betrunken an jenem Tisch gesessen waren, an dem ich mit De Selby am Morgen gesessen hatte. ›Die Erinnerung lügt‹, sagen die Bieresch. – Vielleicht ist das wahr, – denn was mir von der Unterhaltung der beiden Männer in Erinnerung blieb, erscheint mir auch heute noch unmöglich, unwirklich, auch wenn ich später noch öfter die Kinder ein Lied singen hörte, das ich seit jenem Abend auswendig wußte und von dem ich mir einbilde, es an jenem Abend Zerdahel singen gehört zu haben:

»Anderen Kindern zeigt es sein liebes Gesicht,
und es spielt wohl mit ihnen auch ›vor und zurück‹.
Und ohne das Bieresch-Kind, ach!
wüßten sie gar nicht, was tun.«

›Vor und zurück‹, erfuhr ich später, ist ein Name, der in dieser Gegend früher sehr gängig war. Er wurde dann durch einen anderen Namen ersetzt, der treffender schien: ›félúton‹, ein ungarisches Wort, das Ähnliches bedeutet.

Als ich, meinen Hund auf dem Arm, in der Gastwirtschaft einkehrte, in der am Morgen Und Umgekehrt sein Spiel mit den Kugeln an dem Tisch gespielt hatte, über den jetzt ein dunkles Tuch gebreitet war, wurde ich Zeuge des folgenden Gesprächs. – Zuallererst hatte mich Inga aufgefordert, ich sollte mich zu ihm und zum Juden an den Tisch setzen, was ich dankend ablehnte. Zerdahel hatte mir recht gegeben. Ich hatte allerdings diese Zustimmung nicht als Beweis für Sympathie genommen, denn in der kurzen Zeit, die ich hier in Zick war, hatte ich schon viel zuviel erlebt, als daß mir ein solches Verhalten als vertrauenswürdiges Zeichen für Freundschaft hätte gelten dürfen. – Hätte ich mich doch hingesetzt, so hätte Zerdahel wahrscheinlich höchst erfreut getan. Trotzdem trat nach diesem Wechsel Stille ein, und die beiden nahmen ihr Gespräch erst nach längerer Unterbrechung wieder auf.

»Wo waren wir stehengeblieben?« fragte Und Umgekehrt einleitend.

»Ich sagte, du würdest dich wundern«, sagte Zerdahel, »wenn wir einmal versuchten, die Entwicklungskurven unsrer Familien aufzuzeichnen, zum Beispiel einen Niedergang wie den von Rák. – Das wären Kurven, die sich windschief im Raum überschneiden. Für die gibt es keine Berechnungsrezepte, da hülfe uns auch dein kleines Elektronengehirn nicht!«

»Übertreib doch nicht«, sagte Und Umgekehrt.

»Ich übertreibe nicht«, erwiderte Zerdahel ruhig. »Ich weiß, es ist so!«

»Was weißt du?«

»Du hast einen Sohn«, erklärte der Jude, als ob er weissagte.

»Wie bitte?«

»Du hast einen Sohn!«

»Und wie käme ich zu dieser Ehre?« fragte Und Umgekehrt spöttisch.

»Durch die Konstellation«, sagte Zerdahel bedeutungsvoll.

»Du weißt, daß das ganz und gar ausgeschlossen ist.« Auch Und Umgekehrt war plötzlich ernst. Jetzt mußte Zerdahel lachen.

»Mach dich bitte nicht lustig«, sagte Und Umgekehrt.

»Ich mach' mich nicht lustig – bei deinen Hoden«, sagte Zerdahel feierlich und erhob sich zu einer Verbeugung von seinem Sitz. »Ich schwöre!«

»Ich habe keine Hoden!« schrie Und Umgekehrt wütend, »das weißt du ganz genau!«

»Ich sage es noch einmal«, sagte Zerdahel im gleichen Tonfall, »ich schwöre: Du hast einen Sohn!« – Ich drehte mich weg, weil ich das alles so unendlich abgeschmackt fand, aber Zerdahel sprach, unbeeindruckt von meinem Verhalten, weiter: »Du brauchst dich nur umzusehen: Da steht er!«

Ich fuhr herum und fing Ingas Blick auf, der völlig ratlos war.

»Wer steht da?« fragte er ungläubig.

» ›Félúton‹ ist es. Er ist dein Sohn!« sagte Zerdahel und zeigte auf mich.

»Du bist verrückt!« schrie Und Umgekehrt, aber wie ich wußte er plötzlich, daß Zerdahel die Wahrheit gesagt hatte.

›Félúton‹, erfuhr ich später, war die ungarische Übersetzung des deutschen ›halbwegs‹. – So hatte De Selbys Hund geheißen. So hieß also ich.

– »Irgendwie«, hatte De Selby im Laufe des Vormittags einmal zu mir gesagt, »werden wir alle mit diesem Leben nicht fertig. – Sie nicht und ich nicht!«

– »Versuch es mit einem anderen!« sagen die Bieresch.

Im Text kursiv gedruckte Passagen sind
(zum Teil wörtlich, zum Teil entstellt)
der Bibel, den Erzählungen der Chassidim
und den Sagen der Juden entnommen.
Darüber hinaus werden folgende Autoren zitiert:

Theodor W. Adorno
Hans Arp
Samuel Beckett
Jorge Louis Borges
Blaise Cendrars
Gabriel Garcia Marquez
Eugen Gomringer
Jakob Grimm
Peter Handke
Martin Heidegger
James Joyce
Franz Kafka
Karl Kraus
Nikolaus von Kues
H. P. Lovecraft
Karl Marx
Franz Mon
Flann O'Brien
Leon Poliakov
Gerhard Rühm
Felix Salten (?)
Alfred Schmeller
Gershom Scholem
Manes Sperber
Adalbert Stifter
Kurt Vonnegut Jr.
Urs Widmer
Oswald Wiener

Klaus Hoffer

Der große Potlatsch
Bei den Bieresch 2
Collection S. Fischer
Fischer Taschenbuch Bd. 2329

1980 wurde Klaus Hoffer für dieses noch unveröffentlichte Manuskript mit dem Alfred-Döblin-Preis ausgezeichnet. Ein Reise- und Abenteuerroman und ein Buch vom Zusammenbruch der Traditionen.

Bei den Bieresch
Halbwegs. Der große Potlatsch
Roman
384 S. Ln. DM 34,–

Am Modell eines Reiseromans stellt Klaus Hoffer das »Vermitteltsein« des Lebens dar. Die Figur gerät in eine neue Welt, wo ihr unbekannte Sehweisen gepflogen werden, wo ihr bisheriges Selbstverständnis zusammenbricht. Ein geheimnisvolles Buch, das kaum einmal ausgelesen sein wird.